火烧赤壁

中华传统军事小说 十六篇

国韵小小说

上海图书馆 编

生活·讀書·新知 三联书店

图书在版编目(CIP)数据

火烧赤壁:中华传统军事小说十六篇/上海图书馆编.
—北京:生活·读书·新知三联书店,2018.1
(国韵小小说)
ISBN 978 - 7 - 108 - 06154 - 6

Ⅰ.①火⋯　Ⅱ.①上⋯　Ⅲ.①小小说 - 小说集 - 中
国 - 现代　Ⅳ.①I246.8

中国版本图书馆 CIP 数据核字(2017)第 280122 号

责任编辑　成　华　王婧娅
封面设计　刘　俊
责任印刷　黄雪明
出版发行　生活·讀書·新知 三联书店
　　　　　(北京市东城区美术馆东街 22 号)
邮　　编　100010
印　　刷　常熟高专印刷有限公司
版　　次　2018 年 1 月第 1 版
　　　　　2018 年 1 月第 1 次印刷
开　　本　650 毫米 ×900 毫米　1/16　印张　12
字　　数　104 千字
定　　价　29.00 元

编者的话

　　近一百年前，一批通俗浅近、装帧精美的"口袋书"陆续面世，是为"小小说"系列。其内容多依托古典小说名著改编，文字浅显，材料活泼，更有鲜明悦目的精美封面助人兴味，既可供文学爱好者品味消遣，亦是学校教育、家庭教育、民众教育的流行读本。惜历时久远，今多已散佚。

　　为"复活"这批优秀的传统文化读物，特搜集上海图书馆所藏共九十余种"小小说"，略据内容分为六册，凡军事、历史、武侠、志怪、世情，涵盖各种类型，集中展现了我国古典白话小说的发展水平与艺术特色。

　　为便于读者阅读，现将原书的竖排繁体转为横排简体，修正了其中的漏字、错字、异体字，并根据现代汉语语言规范对标点符号进行了统一处理。必须说明的是，编者仅就明显的语言错误做出修正，在文从字顺的前提下，尽可能保留了特定时代的语言风格。

　　当然，也由于时代的局限，书中存在一些与当今理念相悖之处，考虑到还原作品原貌，均视作虚构文学素材予以保留。读者阅读此书，当能明辨。

七擒孟获 …… 94

火烧葫芦谷 …… 106

草木皆兵 …… 118

混世魔王 …… 130

飞虎将军 …… 141

五龙阵 …… 153

大破洛阳城 …… 164

活捉孙飞虎 …… 175

目 录

灌晋阳 ……… 1

火牛阵 ……… 13

乌江自刎 ……… 24

过五关 ……… 35

火烧博望坡 ……… 48

长坂坡 ……… 58

火烧赤壁 ……… 69

战猇亭 ……… 82

灌晋阳
国韵小小说

灌晋阳

　　东周之时，五霸为盛，五霸之后，晋国最强。晋国向有六卿曰范氏、曰中行氏、曰智氏、曰赵氏、曰魏氏、曰韩氏，同掌军政。自范氏、中行氏灭后，存智氏、赵氏、魏氏、韩氏四卿。至晋出公之世，四卿日益专横，藐视公室，私自立议，各择公家之地，以为封邑，而晋君之地，反少于四卿。四卿之中，以智氏为最强，故大权悉归诸智氏。智氏名瑶，号为智伯。其他三家赵简子名鞅，韩康子名虎，魏桓子名驹，皆畏惮之。

　　一日，智伯宴请赵鞅，鞅偶患疾，使适子无恤代往。智伯以酒灌无恤，无恤不能饮，智伯醉而怒，以觯投无恤面，面伤出血。赵氏将士欲攻智伯，无恤曰："此小事，吾姑忍之。"智伯反言无恤之过，欲赵鞅废之，鞅不从，无恤自此与智伯有隙。及至赵鞅病笃，谓无恤曰："异日晋国有难，惟晋阳可守，汝其记之。"言讫而卒。无恤嗣位，是为赵襄子。晋出公愤四卿之专，密使乞兵于齐鲁，以伐四卿。智伯知之，大怒，与韩虎、魏驹、赵无恤，合四家之众，反攻出公。出公出奔于鲁，智伯别立晋君，是为哀公。此时智伯内有智开、智国等手足之亲，外有绤疵、豫让忠谋之士，权尊势重，遂有代晋之志，召诸臣密议其事。谋士绤疵进曰："四卿势均力敌，一家先发，三家拒之。

今欲谋晋室，须先削三家之势。"智伯曰："将何策以削之?"
绨疵曰："方今越国正盛，晋失主盟。公可托言兴兵伐越，假
传晋侯之命，令韩、赵、魏各献地百里，取其赋税为军资。三
家若从命割地，我坐增三百里之封，而三家日削矣。有不从
者，假晋君之命，率大军先除灭之。此食果去皮之法也。"智
伯曰："此计甚妙，但从哪一家割起?"绨疵曰："智氏睦于韩
魏，而与赵有隙。宜先韩次魏，韩魏既从，赵不能独异也。"
智伯即遣智开往见韩虎曰："吾兄奉晋侯之命治兵伐越，令
三卿各割采地百里入于公家，取其赋以充公用，愿乞地界即
日回复。"韩虎曰："子且暂回，来日报命。"智开去后，韩虎召
集群下谋曰："智瑶欲挟晋侯以弱三家，故请割地为名。吾
欲兴兵先除此贼，卿等以为何如?"谋士段规曰："智伯贪而
无厌，假君命以削吾地，其势不可抗，不如与之。彼得吾地，
必又求于赵魏，赵魏不从，必相攻击。吾得安坐而观其胜
负。"韩虎然之。次日，令段规出地界百里之图，亲自进于智
伯。智伯大喜，设宴以款韩虎。酒至数巡，智伯命左右取一
画轴置于几上，同虎观之，乃卞庄子刺三虎之图也。智伯戏
谓韩虎曰："昔日列国中，有与足下同名者，齐有高虎，郑有
罕虎，今得足下而三矣。"时段规在侧，见智伯有意戏侮其
主，因进曰："礼不呼名。今君戏吾主，毋乃太甚。"段规身材
矮小，立于智伯之旁，仅及乳下。智伯以手拍其顶曰："小儿
何知，亦来多言。三虎所啖之余，得非汝耶。"言毕，拍手而

笑。段规不敢对，以目视韩虎。虎佯醉，闭目应曰："智伯之言是也。"即时辞去。智国闻之，谏曰："公戏其君，侮其臣，韩氏之恨深矣。若不备之，祸恐将至。"智伯瞋目大呼曰："我不祸人足矣，谁敢兴祸于我？"智国叹息而出。

次日，智伯再遣智开求地于魏驹。驹密与谋臣任章计议，意欲拒之。任章曰："失地者必惧，得地者必骄。骄则轻敌，惧则相亲。以相亲之众，待轻敌之人，智氏之亡可待矣。"魏驹曰："善。"亦以百里地献之。智伯又遣其兄智宵求地于赵氏。赵无恤衔其旧恨，怒曰："土地乃先世所传，安敢弃之？韩魏有地相献，吾不能媚人也。"智宵回报，智伯大怒，大出兵甲。使人邀韩魏二家共攻赵氏，约以灭赵之日，三分其地。韩魏二家，一来惧智氏之强，二来贪赵氏之地。各引一军，从智伯进攻赵氏。智伯自将中军，韩虎在右，魏驹在左，杀奔赵府中来，欲擒无恤。赵氏谋臣张孟谈预先得信，奔告无恤曰："寡不敌众，公宜速逃。"无恤曰："逃至何处方好？"张孟谈曰："莫如晋阳。昔董安于守晋阳，曾筑宫于城内，修治城池，极其坚固。又经尹铎一番治理，百姓受数十年宽恤之恩，必能效死。况先君临终有言'异日国家有变，惟晋阳可恃'，公宜速行，不可迟疑。"无恤即率张孟谈及一班家臣往晋阳疾走。奔至晋阳，百姓扶老携幼迎接入城。无恤见百姓亲附，又见晋阳城垣高固，仓廪充实，心中稍安。即时晓谕百姓，登城守望。检阅军器，亦皆齐备，人心益安。

无恤叹曰："甚哉，治国之需贤臣也。得董安于而器用备，得尹铎而民心归。此天所以存赵氏乎？"

再说，智韩魏三家兵至晋阳，把晋阳城围得铁桶似的。晋阳军民情愿出战，齐来请令。无恤召张孟谈商之，孟谈曰："彼众我寡，战未必胜，不如坚守不出，以待其变。韩魏无仇于赵，特为智伯所迫耳，况两家割地，亦非心中所愿，虽同兵而实不同心。不出数月，必有自相猜疑之事，安能久乎？"无恤从其计，遂亲自抚谕军民，协力固安，三家围城数月不能取胜。智伯乘小车周行城外观察地势，叹曰："此城坚如铁瓮，安可破哉？"正怀闷间，行至一山，见山下泉流滚滚，向东而逝。拘土人问之，答曰："此山名龙山，晋水东流与汾水合，此山乃水之发源处也。"智伯曰："龙山离城几何？"土人曰："自此至城西门，约十里之遥。"智伯乃登山以望晋水，复绕城东北，相度良久，忽然省悟曰："吾得破城之策矣。"即时回营，请韩虎、魏驹计议，欲引水灌城。韩虎曰："晋水东流，安能决之使西乎？"智伯曰："吾非引晋水也。晋水发源于龙山，其流如注。若于龙山高处掘成大渠，预为蓄水之地，然后将晋水上流坝断，使水不归于晋川，势必尽注大渠。方今春雨将降，山水必大发。俟水至之日决堤灌城，城中之人皆为鱼鳖矣。"韩魏齐声赞曰："此计甚妙。"智伯曰："今日便须派定各路，各司其事。韩将军把守东路，魏将军把守南路，瑶自将大营移屯龙山，兼守西北二路，专督开渠筑堤之事。"韩魏领命辞去。智伯传下号令，命军士凿渠于晋水之北，次将各处下流之水尽行坝断，复于渠之左右筑起高堤。一月之后，果然春雨大降，山水骤涨，大渠之水高与堤平。智伯决开北面，其水从北溢出，竟朝晋阳城而来。

其时城中虽被围困，百姓向来富庶，不苦冻馁。况城基十分坚厚，虽经水浸，并无坍损。过了数日，水势日高，渐渐灌入城中，淹没房屋。无恤与张孟谈周视城垣，但见水势浩天，再加四五尺，便要冒过城头。无恤心中暗暗惊恐，幸守城军民昼夜巡守，未尝疏怠。百姓皆以死自誓，更无二心。无恤谓张孟谈曰："民心虽未变，而水势不退。倘山水再涨，阖城皆为鱼鳖，将若之何？"孟谈曰："韩魏从兵非其本心，臣请今夜潜出城外，说韩魏二家反攻智伯，方脱此患。"无恤曰："后围水困，何能得出？"孟谈曰："臣自有计，吾主不必忧虑，但令将士多备船筏兵器。倘徼天之幸，臣说得行，智伯之头，指日可取矣。"无恤许之。孟谈知韩虎屯兵在东路，乃假扮智氏军士，于昏夜越城而出，冒水径奔韩营，只说智元帅有机密要事面禀。韩虎正在帐中，使人召入。其进军中严紧，凡进见之人俱须搜检一过，方可放进。张孟谈既与军士一般打扮，身边又无一物，并不疑心。孟谈既见韩虎，乞屏左右。虎命从人暂退，孟谈乃言曰："身非军士，实赵氏之臣张孟谈也。吾主被围日久，亡在旦夕。恐一旦身死家灭，无由布其腹心，故特遣臣假作军士潜夜至此，求见将军，有言相告。将军容臣进言，臣敢开口。如不然，臣请死于将军之前。"韩虎曰："汝有话但说，有理则从。"孟谈曰："智伯无故欲夺赵氏地，吾主念先世所传，不忍遽割，未有得罪于智伯也。智伯自恃其强，纠合韩魏，欲攻灭赵氏。赵氏亡，恐祸将及于韩魏矣。"韩虎沉吟未答，孟谈又曰："今日韩魏所以从智伯攻赵者，指望城下之日三分赵地耳。然韩魏不尝割地以献智伯乎？世传疆土，彼尚欲相夺，未闻韩魏敢出一语以相抗也，况他人之地哉？赵氏若灭，则智氏益强。韩魏能引今日之劳，与之争厚薄乎？即使今日三分赵地，能保智氏异日不复请割地乎？将军请细思之。"韩虎曰："子之意欲何如？"孟谈曰："依臣愚见，莫若与吾主私和，反攻智伯。灭智氏而三分其地，犹是得地，而智氏之地，多倍于赵，且以除异日之患，岂不美哉。"韩虎曰："子言亦似有理，俟吾与魏家计议。子且回去。三日后，来取回音。"孟谈曰："臣万死一生，此来正非容易。军中耳目众多，难保不泄。愿留麾下三日，以待尊命。"韩虎许之，即使人密召段规，告以孟谈所言。段规受智伯之辱，怀恨未忘，遂深赞孟谈之谋。次日韩虎使段规往见魏驹，密告以赵氏使张孟谈到军中，欲约韩魏二家反攻智伯，吾主不敢擅许，还请将军裁决。魏驹曰："智贼骄慢，吾亦恨之。但恐缚虎不成反为所噬耳。"段规曰："智伯不能相容，势所必然。与其悔于后日，不如决于今日。赵氏将亡，韩魏存之，其感我必深，不犹愈与凶人共事乎？"魏驹曰："此事当熟思而行，不可造次。"段规辞去。

到第二日，智伯亲自行水，置酒于龙山，邀请韩魏二将军同视水势。饮酒之间，智伯喜形于色。遥指晋阳城谓韩虎、魏驹曰："城不没者，仅三版矣，吾今日始知水之可以亡人国也。晋国之盛，表里山河。汾浍晋绛四水，皆号巨川。以吾观之，水不足恃，适因之而亡耳。"魏驹私以肘撑韩虎，韩虎亦潜蹑魏驹之足，二人相视，皆有惧色。须臾席散，辞别而去。絺疵谓智伯曰："韩魏二家必反矣。"智伯曰："子何以知之？"絺疵曰："臣未察其言，已观其色。公与二家约，灭赵之日，三分其地。今赵城破在旦夕，二家无得地之喜，而有忧虑之色。是以知其必反也。"智伯曰："吾与二家方欢然共事，彼何虑也。"絺疵曰："公言水不足恃，适因之而亡。要知晋水固可以灌晋阳，汾水亦可以灌魏都之安邑，绛水亦可以灌韩都之平阳。二家安得不虑乎？"智伯不信。至第三日，韩魏二家亦移酒于智伯营中，答其昨日之情。智伯举杯谓韩魏曰："瑶素直性，有言不能隐。昨有人言二位将军有中变之意，不知果否？"韩虎、魏驹齐声答曰："元帅信乎？"智伯曰："吾若信其言，岂肯面询于将军哉。"韩虎曰："闻赵氏大出金帛，欲离间吾三人。此必谗臣受赵氏之私，使元帅猜疑我等。因而懈于围攻，希冀脱祸耳。"魏驹亦曰："此言甚当。不然，城破在即，谁不愿剖分其土地，乃舍必获之利，而蹈不测之祸乎？"智伯笑曰："吾亦知二位必无是心，此絺疵之过虑也。"韩虎曰："元帅今日虽然不信，恐此后再有进言者，使吾两人忠心，无以自明，岂不堕谗人之计乎？"智伯以酒酬地曰："今后如彼此相猜，有如此酒。"虎、驹拱手称谢。是日饮酒倍欢，将晚而散。绵疵随后入见智伯曰："公奈何以臣之言泄于二君耶。"智伯曰："汝何以知之？"绵疵曰："适臣遇二君于辕门，二君注目视臣，已而疾走。彼意谓臣已知其情，有惧臣之心，故遑遽如此。"智伯笑曰："吾与二子酬酒为誓，各不相猜，子勿妄言，自伤和气。"绵疵退而叹曰："智氏之命不长矣。"乃诈言暴得寒疾，求医疗治，遂逃奔秦国而去。异哉！智伯有如此亲信之谋臣，其所进言，一无商量，反谓其妄诞，绵疵此时真要气煞。以如此可疑之韩魏，偏与之酬酒设誓，亲信异于寻常，韩魏此时真要笑煞。是真所谓天夺其魄矣，不亡何待。

再说韩虎、魏驹从智伯营中归去，即时定计，与张孟谈设誓订盟。约于明日夜半，决堤泄水。晋阳城中只看水退为信，便引城内军士杀出，共擒智伯。孟谈领命入城，报知无恤。无恤正在营中，万分疑虑，忽见孟谈回报此计已成，那时一喜非同小可，遂跃然而起，不觉头盔倒戴而入，即时传令军士。结束停当，专待水退接应。至期，韩虎暗地使人袭杀守堤军士，于四面掘开水口。水从西决，反灌入智伯之营，军中惊乱，一片人声喊起。智伯从睡梦中惊醒起来，水已及卧榻，还认道是军士巡视疏忽，偶然堤漏，急唤左右快

10

去救水塞堤。岂知须臾之间，水势益大。智伯正在惊惶无措，却得智国、豫让率领水军，驾筏相迎，扶入舟中。回视本营，波涛滚滚，营垒俱陷。军粮器械，漂荡一空。营中军士，尽从水中逃命。忽闻鼓声大震，韩魏两家之兵各乘小舟，乘着水势杀来，将智家军乱砍，口中只叫"拿智瑶来献者重赏"。智伯叹曰："吾不信絺疵之言，果中其诈。"豫让曰："事急矣，公可从山后逃匿，奔入秦国请兵。臣当以死拒敌。"智伯从其言，与智国棹小舟转出山后。谁知赵无恤早料智伯逃奔秦国，故遣张孟谈从韩魏二家追逐智军。自引一队，伏龙山之后，却好冤家相遇。无恤亲缚智伯，数其罪而斩之。智国投水溺死。

豫让闻智伯已擒，遂变服逃往石室山中。智氏全军尽没。三家收兵在一处，将各路坝闸尽行拆毁，退去山水。无恤安抚居民已毕，偕同韩魏至绛州。将智氏一家，无论男女少长，悉行屠戮。智氏之地，三家均分之。无恤犹恨智伯不已，漆其头为溺器。豫让在石室中，闻知其事，泣曰："士为知己者死。吾受智氏厚恩，今身亡族灭，辱及遗骸，吾必报之。"乃更姓名，诈为囚徒报役者，怀挟利刃，潜入赵氏内厕，欲刺无恤。无恤到厕所，忽然心动，使左右搜厕中，牵出一人见无恤。无恤问曰："子欲行刺耶？"豫让正色答曰："吾智氏亡臣豫让，欲为智伯报仇。"左右欲杀之。无恤曰："义士也。纵之去。"复问之曰："吾今纵子，能释前仇否？"豫让曰：

"释臣者君之私恩，报仇者臣之大义。"左右曰："纵之必为后患。"无恤曰："吾已许之，不可失信，今后但谨避之可耳。"即日归晋阳以避其祸。豫让弃妻子，入晋阳。恐其认识，乃削发去眉，漆其身为癞子之状，乞丐于市。其妻往市追寻，闻呼乞声，惊曰："此吾夫也。"趋视之，见豫让声似而人非，遂舍去。豫让嫌其声音尚在，复吞炭，变为哑喉，再乞于市。有友人素知豫让之志，见乞者行动，心疑是让，潜呼其名，果是也。邀至家中，谓之曰："子报仇之志决矣，然未得报仇之术也。若诈投赵氏，乘隙行事，当亦非难，何苦毁形灭性乎？"豫让谢曰："既臣赵氏而复行刺，是二心也。今吾漆身吞炭，为智伯报仇。正欲使人臣怀二心者，闻吾风而知愧耳。请与子诀，勿复相见。"遂行乞如故，更无人识之者。

一日无恤与张孟谈出，须经过一桥。豫让知之，复怀利刃，诈为死人，伏于桥下。无恤之车将近桥，其马忽悲嘶却步。张孟谈曰："臣闻，良马不陷其主。此马不肯渡桥，必有奸人藏伏，不可不察。"即命左右搜检，回报桥下有死人僵卧。无恤曰："必豫让也。"曳出视之，形容虽变，无恤尚能认识，骂曰："吾前已曲法赦汝，今又来谋刺耶？"命牵去斩之。豫让呼天而号，泪与血下。左右曰："汝畏死耶？"豫让曰："我非畏死，恨我死后，更无报仇之人耳。"无恤召回问曰："子先事范氏，范氏为智伯所灭，子反事智伯，而不为范氏报仇。今智伯之死，子独报之甚切，何也？"豫让曰："范氏以众人待我，我故以众人报之。智伯以国士待我，我当以国士报之。岂可一例论耶？"无恤曰："子心如铁石，吾不复赦子矣。"遂解佩剑，令其自裁。豫让曰："臣今日岂望再活，但两计不成，愤无所泄。请君脱衣与臣击之，以寓报仇之意，臣死亦瞑目矣。"无恤怜其志，脱下锦袍，使左右递与豫让。让执剑在手，怒目视袍，如对无恤之状，三跃而三砍之，曰："吾今可以对吾主于地下矣。"遂伏剑而死。无恤见豫让三击其衣，连打三个寒噤，心中惊惧，即时回车归府。自此患病，竟至不起云。

火牛阵

国韵小小说

火牛阵

　　话说东周之末，以齐、秦、楚、赵、韩、魏、燕七国最强，互相侵伐，争城夺地，兵戈不休。当时燕国有乱，齐人攻之，燕国几亡。燕之府库宝藏，悉为齐所得。至燕昭王即位以后，日夜以报齐雪耻为事：吊死问孤，爱民如子；尊贤礼士，国政修明；筑黄金台，招致天下贤士。于是四方豪杰，归者如市。有赵人乐毅，自幼好讲兵法，及长，学益进。遇赵有乱，挈家奔魏，即仕于魏，魏昭王不甚信用。闻燕王筑黄金台以求贤，乃谋出使于燕。见燕昭王，说以兵法。燕王知其贤，待以客礼，乐毅谦让不敢当。燕王曰："先生生于赵，仕于魏，在燕固当为客。"乐毅曰："臣之仕魏，以避乱也。大王若不弃微末，愿随事左右。"燕王大喜，即拜毅为亚卿。乐毅召其弟乐乘及宗族中人，皆居燕，为燕人。其时齐国强盛，屡次侵伐诸侯。昭王深自保守，养兵恤民，待时而动。及齐湣王无道，逐公子孟尝君，暴虐百姓，百姓弗堪，兼之连年灾荒，民益愁困。而燕国休养多年，国富民众，士卒乐战。昭王乃进乐毅而问曰："寡人衔先人之恨，二十八年于兹矣。人寿几何，常恐一旦先归泉下，不及亲报齐仇，以雪国耻，终夜痛心。今齐王强暴自恃，中外离心，此天授之时，不可失此机会。寡人欲起倾国之兵，与齐争一旦之命，先生以为何如？"乐毅对曰："齐国地大人众，士卒习战，未可以独攻也。王必欲伐之，必与列国共图之。今燕之邻国，莫近于赵，王宜先与赵合，则韩必从，而魏亦无不听矣，如是而齐可攻也。"燕王曰："善。"乃使乐毅往说赵国。平原君赵胜言于惠文王，王许之。适秦国使者在赵，乐毅并说秦使者以伐齐之利。使者还报秦王，秦王忌齐之强盛，惧诸侯背秦而事齐，因复遣使者报赵，愿共伐齐。燕昭王又使人往说魏，魏国公子信陵君亦主发兵相助。

于是燕昭王悉起国中精兵，得十余万，使乐毅将之。秦、赵、韩、魏各命将出师，如期而至。共推乐毅为上将，统领五国之兵，号为乐上将军，浩浩荡荡，杀奔齐国。齐湣王自将中军，命大将韩聂迎战于济水之上。乐毅身先士卒，四国兵将无不奋勇出战。齐兵虽强，怎能抵挡得住？杀得齐兵尸横遍野，血流成河，韩聂被乐毅之弟乐乘所杀。诸军乘胜逐北，湣王大败，奔回临淄，连夜使人求救于楚，许割地为酬。一面检点军民，登城固守。秦、赵、韩、魏乘胜，各自分路，收取边城。独乐毅自引燕军，长驱深入。所过地方，宣谕燕王威德，齐城皆望风而溃，势如破竹，大军直逼临淄。湣王大惧，遂与近臣夷维等数十人潜出北门而遁逃至卫国。卫君始以礼相待，而湣王以天子自尊，骄傲异常。卫君恨之，使人劫掠其辎重，湣王又与夷维连夜逃去。至鲁国，鲁君遣使者出迎。夷维问曰："鲁人何以待吾君？"对曰："将以十太牢待子之君。"夷维曰："吾君，天子也。天子出巡，诸侯当避让宫室以居之，岂止十牢之奉而已乎?"使者回报鲁君，鲁君大怒，闭关不纳。复至邹，时邹君方死，湣王欲入吊。夷维谓邹人曰:"天子下吊，主人宜立西阶，北面而哭，天子乃于东阶上，南面而吊之。"邹人曰:"吾国小，不敢烦天子下吊。"亦拒之不纳。湣王计穷，夷维曰:"齐城皆破，惟莒州与即墨二城尚完。莒州离此不远，何不往?"乃奔莒州，检兵守城，以拒燕军。

乐毅遂破临淄。临淄为齐国都城，宗庙府库，尽在其中。乐毅尽收齐之财物祭器，并查旧日燕国宝货被齐所夺取而来者，悉将大车装载，归诸燕国。燕昭王大悦，亲至济上，大犒三军。封乐毅于昌国，号昌国君。燕昭王返国，独留乐毅于齐，以收齐之余城。齐之宗人名田单者，有智术，知兵法。湣王不能用，现为临淄市吏。燕兵入临淄，城中之人，纷纷逃窜。田单与同宗逃难于安平，尽截去其车轴之头，略与毂平，而以铁叶裹轴，极其坚固，人皆不知其用意。未几燕兵来攻安平，城破，安平人复争相逃窜，乘车拥挤，多因轴头相触，不能疾驱，或因车轴不牢，轴折车覆，皆为燕兵所获。惟田军与宗人，以车轴坚固，又无轴头之碍，竟得脱奔，往即墨而去。乐毅分兵略地，至于昼邑。闻齐故太傅王烛，家在昼邑。传令军中，环昼邑三十里，不许入犯。使人以金帛聘烛，欲荐于燕王。烛辞老病，不肯往。使者曰:"上将军有令:太傅来，即用为将，并封万家之邑;不行，且引兵屠邑。"王烛仰天叹曰："忠臣不事二君。齐王不听忠谏，故吾退而耕于野。今国破君亡，吾不能救，而忽以兵威逼吾。吾与其不义而存，不若全义而亡。"遂自悬其头于树上，举身一奋，颈绝而死。乐毅闻之，叹息不已，命厚葬之，表其墓曰"齐忠臣王烛之墓"。乐毅出兵六个月，所攻下齐地共七十余城，皆编为燕之郡县。惟莒州与即墨二城，坚守未下。毅乃休兵享士，除其虐政，宽其赋役，齐民大悦。乐毅之意，以为齐地止此二城，已在掌握之中，不难攻破，惟欲以恩信结之，使其自降，故不极其兵力。再说，齐王当日曾使人求救于楚，许以割地为酬。楚王命大将淖齿，率兵救齐。淖齿兵到时，齐已大败，淖齿谒齐湣王于莒州。湣王得淖齿，即使为相国，尽以兵权付之。淖齿见燕兵势盛，恐救齐无功，密遣使私通乐毅，欲弑齐王，与燕共分齐国，使燕人立己为王。乐毅回报曰："将军诛无道，以自立功名，霸王之业也，敢不惟命。"淖齿大悦，乃大陈兵甲于城外，请湣王阅兵。湣王既至，遂执而数之曰："王在齐数年，数戮忠良，妄称天子。今全齐尽失，而偷生于一城，尚欲何为？"湣王俯首不答，夷维抱王而哭。淖齿先杀夷维，生抽王筋，悬于屋梁之上，三日而后气绝。湣王之得祸，亦惨矣哉。淖齿回至莒州，欲觅王世子法章杀之，不得。遂表奏燕王，自陈其功，使人送于乐毅，求为转达。

却说，齐有王孙贾者，年尚幼，丧父，只有老母。湣王见贾年幼而有胆气，使为大夫。滑王出奔，贾亦从行，在卫相失，不知滑王下落，遂潜自归家。其母见之，问曰："齐王何在?"贾对曰："儿从王奔至卫国，王中夜逃出，已不知所往矣。"老母怒曰："汝朝出而晚归，吾倚门而望。汝暮出而不还，吾倚闾而望。君之望臣，何异母之望子? 汝为齐王之臣，王昏夜走出，汝不知其处，何可归乎?"贾闻母言，大愧，复辞老母。寻觅齐王。闻王在莒州，趋而求王。及至莒州，知齐王已为淖齿所杀。贾乃袒其左肩，呼于市中曰："淖齿相齐而弑其君，为臣不忠。有愿与吾诛讨其罪者，依吾左袒。"市人相顾曰："此人年幼，尚有忠义之心。吾等好义者，皆当从之。"一时市中壮士，左袒而从王孙贾者，四百余人。时楚兵虽众，皆分屯于城外。淖齿方居齐王之宫，饮酒作乐，使妇人侍酒为欢。兵士数百人，列于宫外，并不准备。王孙贾率领四百余人，勇往直前，突然到宫，夺兵士手中器械，杀入宫中，擒淖齿斩为肉酱。楚兵无主，一半逃散，一半投降燕国。王孙贾因鼓励兵士，坚守莒州城，一面招纳齐国士大夫之出亡者。

是时齐国诸臣，四散奔逃，闻王烛死节之事，叹曰："彼已告归在家，尚怀忠义之心。吾等现立齐朝，坐视君亡国破，不图恢复，岂得为人?"乃共投王孙贾。相与访求世子法章，一时不知下落。哪知齐世子法章，闻齐王遇变之后，急更衣为穷汉，自称临淄人王立，逃难无归，投太史敫家为用人，为之灌园种菜，无人知其为贵介者。太史敫有女年及笄，一日偶游园中，见法章之貌，大惊曰："此非常人，何以屈辱于此。"使侍女叩其来历。法章惧祸，坚不肯吐。太史女曰："此人动作相貌，大异寻常。异日富贵，不可量也。"时时使侍女给其衣食，久益亲近。法章因私露其踪迹于太史女，女遂与订夫妇之约，举家不知也。及闻王孙贾等访求，世子乃出谓太史敫曰："我实世子法章也。"太史敫报知王孙贾，乃具法驾迎世子入莒城即位，是为襄王。告于即墨，相约彼此坚守，以拒燕兵。时即墨守将病死，军中无主，欲择知兵者推戴为将，而难其人。有人知田单铁叶裹轴得全之事，言其才可将，乃共拥立为将军。田单既为将，日夜巡视城垣，躬自操作，与士卒同劳苦。宗族子弟，皆编入行伍。法律严明，城中人畏而爱之。

乐毅围此二城，三年不克。乃解围退去九里，建立军垒，令曰："城中人有出樵采者，听之，不许擒拿。其有困乏饥饿者，与之食。寒冻者，与之衣。"欲使城中百姓，感恩悦附，不在话下。且说燕大夫骑劫，颇有勇力，亦喜谈兵，为燕太子乐资所亲信，欲夺乐毅兵权，因谓太子曰："乐毅起兵伐齐，能于六个月间下齐七十余城。今齐王已死，城之未下者，惟莒与即墨二城耳。前之七十余城，拔之何其速，今独难拔此二城乎？所以不肯即拔者，以齐之人心未附，欲以恩威结之，吾知乐毅不久当自立为齐王矣。"太子称是，述其言于昭王。昭王怒曰：

"吾先王之仇，非乐毅不能报。即使真欲王齐，以功论之，亦分所当然，何容汝多言耶。"因斥退太子。而太子之心，终以骑劫之言为疑，昭王却甚明白，知乐毅忠义，欲息谗人之口，特遣使持节至临淄，即拜乐毅为齐王。乐毅感激益甚，以死自誓，不肯受命。使者还报，昭王曰："吾固知毅为忠义之人，决不有负寡人也。"昭王晚年颇好神仙之术，使方士炼金石为神丹，服之以求长生，岂知服之既久，燥热内攻，病发而薨。太子乐资嗣位，是为惠王。时乐毅在齐，专以恩德结齐民。田单在即墨城内，意欲与燕兵一战，不但恐不能取胜，且齐民颇感悦乐毅，亦未必肯战，即战亦不能尽其力，非燕王召乐毅归国，别遣一人为将不可。于是思得一离间之计，使人至燕贿通燕王左右，扬言曰："乐毅久欲王齐，以受燕先王厚恩，不忍相背，故缓攻二城，以待其事。今新王即位，将与即墨连和，自为齐王。齐人今日所惧者，惟恐燕遣他将来，则即墨残矣。"燕惠王久疑乐毅，及闻流言，与骑劫之言相合，信以为真。乃使骑劫往代，而召乐毅归国。毅恐燕王信谗见诛，曰："我赵人也。"遂弃其家，西奔赵国。赵王慕乐毅之名，以观津封之，号望诸君。

　　骑劫既代乐毅为将，尽改乐毅平日在军号令，燕军俱愤怨不服。到垒三日，即率师往攻即墨，围其城数匝。田单闻燕王遣骑劫来代乐毅，喜曰："今而后吾有破燕之策矣。"亲谕军民，同其劳苦，设守益坚。因见燕兵众多，城中兵不满万，未可轻敌，因设一计，以神兵疑之。一日晨起，谓城中人曰：“吾夜来梦见上帝告我云，齐当复兴，燕当即败。不日有神人为我军师，战无不克。”有一小卒悟其意，趋近田单前低语曰：“小人可以为师否？”言毕，即疾走。田单急起持之，谓人曰：“吾梦中所见神人，即是此人。”乃为小卒易衣冠，置之营中上坐，北面而师事之。小卒曰：“我实无能，如何？”田单曰：“子但勿言，无害也。”因号于众曰：“是神师，凡事皆须禀命而行，不可怠慢。”于是每出一言，必禀命于神师而后行。一日，又谓众人曰：“神师有令，凡食者必先祭其先祖于庭，当得祖宗相助之力。”人皆从其教，飞鸟见庭中祭品，悉飞翔下食，如此朝暮二次。燕军望见城中朝暮飞鸟群集，以为怪异，闻有神师下教，相与传说，谓齐有天神降助，不可轻敌，敌之违天，于是军士皆无战心。

田单又欲激城中人恨燕，使人扬言曰：“前者乐将军太慈，得敌人不杀，故齐人不怕。若劓其鼻而趋为前锋，即墨人苦死矣。”骑劫闻言信之，将燕之降卒，尽割其鼻。城中人见降者割鼻，大惧，相戒坚守，惟恐为燕人所得。田单又扬言：“城中人之祖宗坟墓，皆在城外，倘被燕人发掘，奈何。”骑劫又使兵士尽掘城外坟墓，烧死人，暴骸骨。即墨人从城上望见，皆涕泣，欲食燕人之肉，相率来军门前，请出一战以报仇。田单知士卒可用，乃精选强壮之兵，得五千人，藏匿于民间。其余老弱同妇女，轮流守城。遣使送款于燕军，言城中食尽，不能再守，请勿攻城，约于某日出降。骑劫信而许之,谓诸将曰:"我比乐上将何如?"诸将皆贺曰:"将军用兵,胜乐上将多矣。"燕军士亦以数年不克,今日来降,亦皆踊跃大喜,专候入城。田单又收民间金,得千镒,使富家私馈燕将,求其城下之日,保全我等家属。燕将大喜,受其金,各付小旗一面,使插于门上,以为记认。单又使人收取城中牛,得千余头,制牛衣,画以五彩龙纹披于牛体。牛之两角缚以利刃。又将苇芦之属,灌下膏油,束于牛尾,拖在牛后有如巨帚。于约降前一日,安排停当。众人皆不解其意。田单预先宰牲具酒,候至日落黄昏,召五千壮卒,令其饱食,以五色涂面,各执利器,紧随牛后。使百姓于城根,凿穿穴洞,共凿数十处。驱牛从穴中出,五千壮卒亦随后而出,用火烧牛尾之帚。火渐渐迫牛尾,牛痛而怒,直奔燕营,五千壮卒衔枚随之。时将夜半,燕军方皆安寝,一无准备,忽闻驰驱之声,从梦中惊起,只见火炬千余,光明照耀,如同白昼,望之皆龙纹五彩,突奔前来,角刃所触,无不死伤,军中大乱。那一伙壮卒,不言不语,大刀阔斧,逢人便砍。虽只五千人,在此黑夜忙乱之中,好似有几万人一般。况且燕军向来听说城中神师下教,今于火光之中,见此五彩龙纹,随着神头鬼脸,杀奔而来,不知何物,各军吓得惊惶无措,人不及甲,马不及鞍,各自逃生。骑劫正在帐中安卧,闻声惊起,知是中田单之计,急领左右数十人,意欲拒敌。奈各营兵士,已人人狂奔,个个惊窜。田单见事已成,亲自率领城中兵士随后赶出，呐喊助威，城上老弱及妇女等皆击铜器为声，震天动地。燕军奔窜之间，自相践踏，死者不计其数，真是尸横遍野，血流成渠。骑劫见势不佳，乘车落荒而走，田单赶上，一戟刺死骑劫于车下。天色已明，田单于是整顿队伍，乘势追逐。所过城邑闻得齐兵得胜，燕将已死，尽皆叛燕而归齐。田单兵势日盛，直抵齐之北界，昔日燕所下之七十余城，复悉归于齐。

田单既入临淄，安民已毕，齐人以田单功大，欲奉为王。田单曰："太子法章在莒州，已嗣为王矣。吾族疏远，安敢出此。"于是迎法章于莒州，王孙贾御车，至于临淄，收葬湣王，择日告庙临朝。襄王谓田单曰："齐国危而复安，皆叔父之功也。叔父知名，始于安平，今封叔父为安平君，食邑万户。"王孙贾拜爵亚卿，其余各有升赏，往迎太史女为后，是为君王后。那时太史敫方知其女先以身许太子，怒曰："汝不告父母，不凭媒妁，而自许于人，非吾女也。"终身誓不复相见，齐王使人馈以金帛，亦不受，惟君王后时时使人存问之而已。燕惠王自骑劫兵败，方知乐毅之贤，悔之无及，特作书一封，使人送毅谢过，欲招之还国。毅答书不肯归。燕王恐赵用乐毅以图燕，乃复以其子乐间袭封昌国君，毅弟乐乘为将军，并贵重之。乐毅遂合燕赵之好，往来于二国之间，二国皆以毅为客卿。

乌江自刎
国韵小小说

乌江自刎

自秦始皇并吞六国以来，焚书坑儒，收兵器，铸金人。要想从一世二世传到万世，造了一座阿房宫，华丽非常。拿百姓的辛苦钱，做他个人的快乐用。因此天怒人怨，大失民望。四方豪杰，蜂拥而来。中有二个豪杰，一个叫作刘邦，一个叫作项羽。那刘邦呢，是忠厚仁德。那项羽呢，是气躁性暴。所以民心归向刘邦的多。后来刘邦得有关中之地，自称汉王。项羽占有楚地，自称西楚霸王。彼此争战，冀夺天下。却说，汉王那边，虽猛将如云，谋臣如雨，奈项王麾下有八千子弟兵，甚是勇敢。若不解散此八千子弟，虽盖世英雄，亦难取胜。当时刘邦手下大将韩信，求计于谋臣张良。张良密与韩信及策士李左车言曰："某少游邳下，曾遇异人，善吹箫，因请异人传授一月，亦精此技。吹时可使凤凰来仪，又能致孔雀白鹤舞于阶下。故箫音最能感动人心，闻之令人思乡。今当深秋之时，草木零落，金风初动，远乡之人，念家最切。某俟夜静更阑，投鸡鸣山一带，吹起此箫，声调幽咽，足使闻者肠断。不劳元帅张弓发矢，八千子弟自然离散。"信即拜伏在地曰："先生有此妙计，破敌易如反掌矣。"彼此相约已定，次日遂按兵不与楚交战，四边多设战车，增添甲士，严加巡哨。仍催相国萧何催趱军粮，并令各地诸侯，分头输运，接济军储。吩咐樊哙在山顶上鸣锣击鼓，摇惑楚军人心。仍令灌婴时常在楚营左右埋伏，待霸王出营冲阵时，即可抵敌。

却说，霸王一连三日亦未出阵，手下将官季布、项伯等入营求见霸王曰："连日缺少粮草，人马疲困，兵士皆有怨心，万一有人蛊惑，必然致乱。不若陛下领了八千子弟，与臣等人马，协力同心地杀出重围。或投襄江，或投江东，以图再举。"霸王曰："但恐汉兵势盛，不能突出重围，奈何。"季布曰："臣观八千子弟，冲锋破敌，到处皆胜。陛下领了子弟兵，臣等继后，定可出此重围。"霸王曰："然。"遂传令大小三军，于明日冲杀出围，俱要努力，勿得退后。军士得令，各自暗地商议。有的说，我等衣衫破绽，未得缝补，天又寒冷；有的说，连日绝粮，救死不遑，哪能冲杀汉兵。众人等到黄昏之后，一更相近。只听得秋风飒飒，落木萧萧，客思无聊，正动了归乡之念。忽高山上面，顺风吹下一阵箫声，如泣如诉，如怨如慕，入刺愁肠，百端感触，听得个个泪如雨下。况那箫声又是一声高，一声低，一声长，一声短，正如露滴苍梧，鹤唳九皋。楚营中八千子弟壮烈之气，被那张良自鸡鸣山至九里山一带，往来吹了数十遍，一霎时竟吹得无影无踪了。初听得时，不过大家流泪。后来越想越悲，各人便道："此乃神仙下降，来救我等性命，故吹此洞箫，使我等逃命。况且连日饥饿，汉兵杀来，如何抵挡。不若顺了天意，于此月明之际，快快逃走。倘被汉兵捉住，料汉王仁德，必不加害。"众人商议已定，束了行李，不由诸将号令，就一哄地四散奔走。所剩的诸将，见二更时候霸王正在熟睡，不敢通报，继想吾等数十人，若遇汉兵杀来，亦是不得活命，不若走为上策，于是亦杂在军士中逃走。项伯亦往投张良，惟有周兰、桓楚二将商议曰："吾等受了霸王的知遇，不忍贪生畏死，竟将霸王舍去。"故聚了未逃的八百余楚卒，守定中军，待霸王醒来，再商办法。不幸霸王遇难，吾等一同赴死，此亦大丈夫之所为也。

再说那楚兵并诸将，当此百万汉军，绕得铁桶一般，虽生翅也不能飞出。所以各兵能安然逃走出此重围者，原来韩信预先吩咐诸将，凡遇西楚逃兵，不得拦住，故能逃出。后来周兰、桓楚正要将此情形报告霸王，霸王已一觉醒来，披衣而出，观望四壁，乃大惊曰："汉已得楚矣！何楚人之少也。"周兰、桓楚急到帐下泣告曰："楚兵被韩信用计，遍山吹箫，致令我军解体，诸将亦皆逃去，今兵微将寡，何以御之？"霸王闻说，不禁泪下数行，遂回到帐中长叹曰："天其亡我乎！"左右亦皆泣下。霸王妃虞姬急起问曰："陛下何悲泣若此？"霸王遂将楚兵四散，我要单身冲杀出去，不忍遽然舍尔的话，含泪说了一遍。虞姬便假说要装了男子，跟随同出，更借大王宝剑护身。霸王信以为真，遂拔剑递与姬手，姬即接剑自刎，以断霸王恋恋不舍之意。霸王见虞姬自刎，痛哭失声。周兰等上前劝曰："陛下当以天下为重，不可过悲。"
于是霸王领了八百楚兵，冲杀头阵。汉军那边灌婴拦阻，霸
王跃马横枪，直取灌婴，战了十余合，灌婴败走，霸王奋力冲
杀，汉兵皆不能抵挡，灌婴即报入中军。汉王同韩信统了大
兵，分头追赶。樊哙在山顶上面，挥动大旗，招八路汉兵，四
面围绕。周兰、桓楚见楚兵势已孤立，力不能支，恐被汉兵
擒获，齐仰天叹曰："臣力尽此，不能支矣。"遂均引剑自杀。

当时霸王奋力杀出重围，急奔淮河。到了淮河，见有小
舟泊近河岸。霸王命军士撑驾渡河，复将北岸军马，陆续渡
送，检点只剩得百余骑了。又走数里，到了阴陵地方，迷失
故道。霸王四面一望，俱是小溪夹路，又见四面的尘土大
起，金鼓震耳，实在进退维谷。忽道旁有一田父，霸王即向
前问曰："哪条道路可往江东？"田父见霸王甲胄异于常人，
自思此人定是霸王，又想霸王建都彭城，毫无恩德施于百
姓，专行杀戮，民受其害，今被汉兵追急，迷失故道，欲往江
东，不可实说，正在沉吟不答。霸王复又问曰："田父勿得恐
惧，余乃霸王是也。因被汉兵追赶，迷失了故道，今欲渡江
而东，不知何路可通，快快说来。"田父欺其不知，乃曰："当
从左道直往，可至江东。"霸王信以为真，遂向左走，未到一
里，霸王连人带马跌入泽中，几不能出。幸赖骑的是乌骓龙
驹，故能一跃而起，出得泽中。正在进行之时，忽见前面汉
将杨喜一支人马拦住去路。霸王见是杨喜，乃向彼言曰：

“吾今人马困乏，又跌入大泽之中，方才得出，力又不能与敌。尔当时曾随吾数年，不若与吾同渡江东，再整兵马。赏汝千金，并封汝为万户侯，共享富贵，岂不甚好，何必迫我太甚。”杨喜曰：“大王不纳忠谏，不惜贤士，肆行无道，遂至如此。纵使过江，恐终不足以成大事。臣今事汉，真得其主矣。今奉元帅之命，带兵到此。臣念大王故旧，亦不敢无状，幸即投降，同见汉王。料汉王与大王同是起义之人，又结为兄弟，必可望封王位。”霸王闻说大怒，举枪直取杨喜，杨喜亦举枪相迎，足足战了二十余个回合。霸王按下了枪，举鞭直往杨喜当头打来。杨喜虽眼快急避，左臂却早着了一下，被打落下马。霸王方欲举枪来刺，早有汉将杨武、王翌、吕马通、吕马胜等一起人马到来，扶了杨喜上马，退回后阵。众将一齐来敌霸王，霸王复与众将交战。后边汉将英布、彭越、王陵、周勃等，亦分头围绕上来。霸王见汉兵越战越多，来势甚是凶猛，故不敢恋战，即挽转马头向城东而走。回看相随之人，只有二十八骑，自思此次必不能脱险，又觉身体甚是困乏。天也渐渐地昏黑起来了，路少山多，树木丛杂。左右曰：“大王连日驰驱征杀，未得饱食，人马困乏。不如乘此树木丛杂之中，彼未敢前进，臣等与大王可同到前村，寻一民家，暂时休息，到了明天，再寻路而走，以免误入歧途。”霸王从其言，遥望林木之间，微露一点灯光，知是人家。于是领了众人来到大林边一望，却不是人家，原来是一古院。众人便到院中，请霸王下了马，暂时安息。忽听得潺潺的水声，乃是一道清溪，遂牵马近前饮水。又使一小卒，将所持宝剑，在溪边大石上去磨，以备来日冲锋杀敌之用。不料小卒力弱，哪能举此宝剑，磨是更加不能了。霸王遂自将宝刀于大石上去磨，不防霸王力大，竟将大石割去一边，石下泉水涌出，遂成了个泉穴。此处乃是兴教院，离乌江七十五里。大林颠石之间，至今项王卓刀泉的古迹，尚可寻觅。霸王当时同了众人进院。两廊寻问，并不见人。小卒寻到后面，见数老人转着火炉而坐。小卒便问院中如何不见一人。老人曰："看院者原有数十人，近因楚汉交兵，遂皆逃去。我等乃是近村的居民，看院者恐院中遗失家具，故请我等老而无用者，在此看守。但不知汝等究是何人，暮夜至此，不知何事。"小卒曰："外面西楚霸王驾到，因被汉兵追赶来此，夜晚不能前进。欲投院中暂歇一宵，明日早行。汝等有饭，可速进呈。"众老人听说是西楚霸王，急起身来到大门外，拜伏在地，并请霸王进屋设坐。众老人曰："山野农夫，不知礼节，乞大王恕罪。"霸王曰："众老人在此，有粮米否，以救众人饥饿。待过江时，用汝一石，当以百石补之；用汝一斗，当以十石补之。"内中有一老人，向来读书，即近前曰："大王建都彭城，此处乃是楚地，正是大王所管，用些粮米，岂敢望补。"霸王闻说大喜。众人遂凑集了米，计一石有余，付与众卒。众卒即挑水的挑水，生火的生火，煮饭的煮饭，拔野菜的拔野菜。等到饭煮熟了，霸王与众人用毕后，即时安寝。将至夜半，忽见天边一轮红日红光腾腾地浮于江面，见汉王衣了五色彩云，翱翔而来，将红日向怀中一抱，驾云而起。云脚之后，有万缕祥光，接续不断。霸王见汉王抱日而起，急急脱衣涉水面上来夺红日，被汉王在云端之中，一脚踢来，将霸王踢落在江中。汉王遂急抱红日，向西边而去。霸王惊觉醒来，却是南柯一梦，叹曰："天命有在，不可强也。"一言未了，只见小卒前来报道："汉兵又杀到林前了，请大王急起备敌。"霸王即紧束衣甲，预备鞍马，杀出林来。此时天已将明，只见汉兵分开两边，一将举刀出马，乃灌婴也。霸王即举枪与灌婴交战，战未十合，随后汉将杨武、吕胜、柴武、靳歙等将，亦相继地前来助战，霸王不敢留恋，奋力向前冲杀，三军皆不能抵挡。诸将随后追逐，行五十里，到了乌江。霸王勒马四望，只见汉兵重重叠叠，如山如海地四面围上来，又思昨夜梦境离奇，知天命有在，人力难胜，乃谓其从骑曰："吾自起兵至今，已有八载，身经大小七十余战，所挡者必破，所击者必服，未尝有一日败北，霸有天下。今卒困于此，此乃天之亡我，非我战之罪也。今日固死，然我尚能三胜汉兵，与尔等冲出重围，以明非战之罪。"于是霸王大呼疾驰而下，汉兵皆为披靡，遂斩汉大将一人。是时杨喜因前日被霸王鞭打左臂，虽未重伤，而心中颇以为恨，思雪此辱，遂一马跃出，拦住霸王。霸王瞋目大叱之，杨喜人马俱惊，倒退数里。霸王遂与从骑约会至东山下，分为三处，霸王杂于其中。汉兵不知霸王所在，又分兵三起围绕拢来。霸王举枪往来驰骤，保护三处骑卒，复斩汉将李佑、都尉王恒及汉兵数百人，楚卒只亡二骑。吕胜、杨武望见霸王杀了许多汉兵，大怒曰："项羽至此，犹复如此猖獗耶。"二将遂举兵器杀来，与霸王交战，未及十合，二将大败，皆抱头鼠窜而逃。霸王于一日之间，凡经九战，杀汉大将九人，汉兵一千余人，乃谓其从骑曰："吾之与汉战，果如何？"众骑皆拜伏曰："大王真天人也。"

霸王一日九战，冲出重围，到乌江北岸。霸王正欲渡江，适遇着乌江亭长舣船近岸相待，乃谓霸王曰："江东虽小，地方千里。大王素有重名，可聚众数千万人，亦足王也。愿大王急渡，不可迟疑。况今只有此船，汉兵绝不能过。"霸王叹曰："天欲亡我，我何渡焉。且率江东子弟八千人，渡江而西，今无一人东还。纵使江东父老，怜而王我，我何面目见之。纵彼不言，羽独不愧于心乎。"亭长亟为之言曰："胜败乃兵家之常事。昔日汉王与大王在睢水交兵，被大王杀去三十余万，睢水亦为之不流。彼时汉王单身逃难，落于井中，几不能免，遂忍而至此。大王今日之败，亦犹汉也。何必区区以八千子弟为言，是何所见之小耶，故曰，图大者不矜细行。王可急渡，汉兵将至矣。"霸王曰："汝言虽善，吾心终甚愧。若汉兵至，惟付之一死耳。"亭长叹息不已。霸王见亭长舣船相待，久而不去，知其为长者，乃谓曰："吾有此马，骑坐已数年矣，一日能行千里，所向无敌。今恐为汉兵所得，又不忍杀之，公可牵去。他日见此马，即如见我也。"遂命小卒牵马登舟过江。那马咆哮跳跃，回顾霸王，恋恋不肯上船。霸王见马流连不舍，遂涕泣不能言。众军士勉强把马牵了上船，亭长方欲撑船过渡，说也奇怪，那马竟长嘶数声，往大江波心一跃，不知所往。众人大惊，亭长亦痴呆半晌，面如土色，遂放舟而去。霸王见马投江而死，叹惜不已，复与众军士步行，持短兵与汉兵接战，又杀了汉兵数百人。霸王身被十余创，见汉将吕马通曰："尔非吾故人乎？"吕马通曰："臣实大王故人，不知大王有何相嘱。"王曰："吾闻汉购我头，献去者赏千金，封万户侯，吾与尔旧有恩德。"遂拔剑自刎而死。杨喜、杨武、王医、吕胜等将俱到，遂以项首见汉王。汉王看项王面目如生，泣曰："吾与王曾拜兄弟，后图取天下，遂尔有隙。然王虽掳太公、吕后，恩养三年，未尝侵犯，此大丈夫所为也。不意王今死矣，吾甚惜之。"左右闻言，亦皆泣下。遂封吕马通等将为侯，韩信等一班功臣大将，亦均大加封赏。并命在乌江为项王立庙，四时享祭。项王死，楚亦随之而亡。

夫英雄豪杰，乘时起义，割据称雄。成则为王，败则为寇者，何哉？盖由于仁暴之分耳。观此一段故事，项王固一世之雄豪，徒以暴虐行为，不如汉王之以仁德固结民心，遂致事败垂成。英雄末路，死不得其所，亦可慨已。孟子曰：
"惟不嗜杀人者能一之。"洵为至论名言。暴虐行为，不特图
大事者不能成事，即人之立身处世，亦以仁义道德为重，不
然则终致身败名裂，不能得良好之结果也。

过五关
国韵小小说

过五关

话说三国时，有个姓刘的，名备字玄德，本是汉室宗亲，论辈分为献帝之叔，故又称皇叔。当初见丞相曹操，专权自恣，心怀不轨，因此招起人马，与张飞屯住小沛，并教关云长保护妻小守下邳。关、张二人，原与玄德结为兄弟，誓复汉室者也。一天，曹操起大军下徐州，并分兵来攻小沛，玄德、张飞均被杀败，飞往芒砀山而去，玄德往河北投奔袁绍。当夜曹操取了小沛，随即进兵攻下邳。云长探知，出城接战，却被曹兵截住，无路可归，只得引兵到一座土山上，权且少歇。忽见下邳城内火光冲天，心中甚为惊惶，连夜几次冲下山来，皆被曹兵乱箭射回。

到了天晓，曹操遂差了一个姓张名辽的将官，跑马上山，说关公投降。那张辽原来与关公有交情的，当日上山劝关公投降，却又说得委委婉婉。关公初虽不许，后来经他再三慰劝，遂与他约了三件事情：第一件，与皇叔设誓，共扶汉室，只肯降汉，不肯降曹；第二件，请给皇叔俸禄，养赡二嫂，一切上下人等，不许到门；第三件，若知皇叔去向，不管千里万里，便当辞去。三者缺一，断不肯降。辽即将上项三事回报曹操。第一、第二件事，操立时允许。第三件事，操大为摇头曰："此却甚难。"经张辽申说，曹遂一并允诺。辽乃上山回报关公，公曰："虽然如此，尚须退兵，容我入城禀知二嫂。"辽回禀操，操即传令退军三十里。云长乃下山入城，参拜二嫂，并细述情由，然后来见曹操。操颇以好言安慰，当日即班师回许都。云长收拾车仗，请二嫂上车，亲自护车而行。到了许都，操拨一府与关公居住。公分一宅为两院，内居二嫂，外自居住。操又分拨差役及金银绫锦器皿等，送与关公。公留下差役，金银等物送与二嫂收贮。自此曹操待关公甚厚，三日小宴，五日大宴，意欲关公之久留也。

一日操请关公宴，临散送公出府，见公马瘦。操曰："公马因何而瘦?"关公曰："贱躯颇重，马不能载，因此常瘦。"操令左右备一马来，须臾牵至。那马色如火炭，状甚雄伟。操指曰："公识此马否?"公曰："莫非赤兔马乎?"操曰："然也。"遂并鞍辔送与关公，公再拜称谢。操曰："吾累送金帛，公未尝下拜；今吾赠马，乃喜而再拜，何也?"关公曰："吾知此马日行千里，今幸得之，若知兄长下落，可一日而见面矣。"操愕然而悔。

却说玄德在袁绍处，且夕烦恼。绍曰："玄德何故常忧?"玄德曰："二弟不知音耗，妻小陷于曹操，安得不忧。"绍曰："吾欲进兵赴许都久矣，方今春暖，正好兴兵。"便商议破曹之策，议定，绍即遣大将颜良作先锋，进攻白马。军至黎阳，东郡太守刘延告急许昌。曹操急议兴兵抵敌，关公闻知，遂入相府见操曰："闻丞相起兵，某愿为前部。"操恐公立功即去，因曰："未敢烦将军，早晚有事，当来相请。"关公乃退。操遂引兵十五万，分三队而行，并自提军五万，先赴白马。遥望颜良前部精兵十万，排成阵势。操骇然，令宋宪、魏续先后出战，皆被颜良所斩。操曰："今谁敢当良？"徐晃应声而出，与颜良战二十合，又败归本阵。诸将栗然，曹操军败，良亦退去。

操见连折二将，心中忧闷。程昱曰："某举一人，可敌颜良。"操问："是谁？"昱曰："非关公不可。"操曰："吾恐他立了功便去。"昱曰："刘备若在，必投袁绍。今若使云长破袁绍之兵，绍必疑刘备而杀之矣。备既死，云长又何往乎？"操大喜，即差人去请关公。关公随即禀了二嫂，提青龙刀，上赤兔马，来见曹操。操即引关公上土山观看，曹操指山下颜良排的阵势，旗帜鲜明，枪刀森布，严整有威，乃谓关公曰："河北人马，如此雄壮。"关公曰："以吾观之，如土鸡瓦犬耳。"操又指曰："麾盖之下，绣袍金甲、持刀立马者，乃颜良也。"关公举目一望，谓操曰："吾观颜良，如插标卖首耳。"操曰："未可轻视。"关公起身曰："某虽不才，愿去万军中取其首级，来献丞相。"张辽曰："军中无戏言，云长不可忽也。"关公奋然上马，倒提青龙刀，跑下山来，凤目圆睁，蚕眉直竖，直冲彼阵。河北军士，如波开浪裂。关公径奔颜良，良正在麾盖下，见关公冲来，方欲问时，关公赤兔马快，早已跑到面前。颜良措手不及，被云长手起一刀，刺于马下。忽地下马，割了颜良首级，拴于马项之下，飞身上马，提刀出阵，如入无人之境。河北兵将大惊，不战自乱。曹军乘势攻击，死者不可胜数。关公纵马上山，献首级于操前。操曰："将军真神人也。"

当日颜良败军奔回，半路迎见袁绍，报说被赤面长髯，使大刀一勇将，匹马入阵，斩颜良而去，因此大败。绍惊问："此人是谁?"沮受曰："此必是刘玄德之弟关云长也。"绍大怒，欲斩玄德。玄德从容进曰："我自徐州失散，二弟云长，未知存否。天下同貌者不少，岂赤面长髯之人，即为关某也，明公何不察之。"袁绍以为然，遂仍请玄德上帐，议报颜良之仇。帐下一人应声而进曰："颜良与我如兄弟，今被曹贼所杀，我安得不雪其恨。"玄德视之，乃河北名将文丑也。袁绍大喜，即与他十万军兵，追杀曹操。玄德曰："屡蒙大恩，无可报效，欲与文将军同行。一者报明公之德，二者就探云长的实信。"绍遂唤文丑同玄德而行。

且说曹操见云长斩了颜良，倍加钦敬，表奏朝廷，封云长为汉寿亭侯。忽报袁绍又使文丑渡黄河，已据延津之上。操自领兵迎之，行至延津，听得前军发喊，急教人看时。报说河北大将文丑兵至，我军皆弃粮草，四散奔走。操以鞭指南阜曰："此可暂避。"人马急奔上阜。文丑军掩至，得了粮草、车仗，又来抢马，军士不依队伍，自相杂乱。曹操却令军士一齐下土阜击之，文丑军士自相践踏，丑料止遏不住，只得拨马而走。张辽、徐晃飞马赶去，大叫文丑休走。文丑回见二将赶上，遂按住铁枪，拈弓搭箭，正射张辽。辽低头急躲，一箭射中头盔，将簪缨射去。辽再追赶，坐下战马又被文丑一箭射中面颊，那马跪倒前蹄，张辽落地。文丑回马复来，赖徐晃急抡大斧截住厮杀，张辽得免性命。只见文丑后面军马齐到，晃料敌不过，拨马而回。文丑沿河赶来，忽见十余骑马，旗号翩翩。一将当头，提刀飞马而来，乃关云长也。大喝贼将休走，战不三合，文丑心怯，便拨马绕河而走。关公马快，赶上文丑，脑后一刀，将文丑斩下马来。曹操在土阜上见关公砍了文丑，大驱人马掩杀。河北军大半落水，粮草马匹，仍被曹军夺回。

　　云长引了数骑东冲西突，正杀之间，刘玄德领三万军随后到。前面哨马探知，报与玄德云："今番又是红面长髯的，斩了文丑。"玄德慌忙骤马来看，隔河望见一簇人马，往来如飞，旗上写着"汉寿亭侯关云长"七字。玄德暗谢天地曰："原来吾弟果然在曹操处。"欲待招呼相见，被曹兵大队拥来，只得收兵回去。军士回报袁绍曰："今番又是关某杀了文丑。"刘备佯推不知，袁绍大怒，命即推出斩之。玄德曰："容申一言而死。曹操素忌我，今知我在明公处，故特使云长诛杀二将，知公必怒，是借公之手而杀我也，愿明公思之。"袁绍曰："玄德之言甚是。"遂请玄德上帐而坐。玄德曰："受明公宽大之恩，无可补报，欲令一心腹人，持密书去见云长，使他知我消息。彼必星夜赶来，辅助明公，共诛曹操，以报颜良、文丑之仇，若何？"袁绍大喜。玄德随即修下书信，差人送去。关公得书，随看随哭，去志遂决。关公乃入内告知二嫂，随即至相府拜辞曹操。操知其意，乃挂回避牌于门。次日再往，门首又挂回避牌。公一连去了数次，皆不得见。乃往张辽处相探，欲言其事，辽亦托疾不出。关公思曰："此乃丞相不容我去之意，我岂可复留？"即写书辞别曹操，写毕封固，差人去相府投递。一面将屡次所受金银，一一封置库中，挂汉寿亭侯印于堂上。请二夫人上车，关公上赤兔马，提青龙刀，率领旧日跟随人役，护送车仗径出北门。门吏挡之，关公怒目横刀，大喝一声，门吏皆退避，公遂出门，往官道进发。却说，曹操正论关公之事未定，左右报关公呈书，曹操看毕，大惊曰："云长去矣。"忽北门守将，飞报关公夺门往北而去。又关公宅中差役，并将关公临去之事，一一报说，众皆愕然。操谓张辽曰："想云长去此不远，汝可先去请住他，待我与他送行。"辽领命，单骑先往，曹操引数十骑随后而行。

却说，云长所骑赤兔马，日行千里，本是赶不上，因欲护送车仗，不敢纵马，按辔徐行。忽听背后有人大叫："云长且慢行。"公回头视之，乃张辽也。关公曰："文远莫非欲追我回乎？"辽曰："非也。丞相知兄远行，欲来相送，特先使我请住台驾。"关公曰："便是丞相铁骑来，吾愿决一死战。"少顷，曹操至，谓曰："云长行何太速。"关公于马上欠身答曰："关某前曾禀过丞相，今故主在河北，不由某不急去。"操乃令一将下马，捧一锦袍过来，谓关公曰："将此略表寸心。"云长恐有变，不敢下马，用青龙刀尖挑锦袍披于身上，勒马回头称谢而去。

关公赶上车仗，催促前行，到了天晚，投一村庄安歇。庄主出迎，须发皆白，问曰："将军姓甚名谁？"关公施礼曰："吾乃刘玄德之弟关某也。"老人曰："莫非斩颜良、文丑的关公否？"公曰："便是。"老人大喜，便请入庄。关公曰："车上还有二位夫人。"老人便唤妻女，迎二夫人入内室款待，自于草堂款待关公。关公问老人姓名，老人曰："吾姓胡，名华。有小儿胡班，在荥阳太守王植部下为从事。将军若从此处经过，某有一书烦寄小儿。"关公允诺。次日早膳毕，请二嫂上车，取了胡华书信，相别而行，取路投洛阳来。

前至一关，名东岭关。把关将姓孔，名秀。当日关公押车仗上岭，军士报知孔秀。秀出关来迎，关公下马，与孔秀施礼。秀曰："将军何往？"公曰："某辞丞相，特往河北寻兄。"秀曰："河北袁绍，正是丞相对头。将军此去，必有丞相文凭。"公曰："因行期匆迫，不曾讨得。"秀曰："既无文凭，待我差人禀过丞相，方可放行。"关公曰："待去禀时，须误了我行程。"秀曰："法度所拘，不得不如此。"关公曰："汝不容我过关乎？"秀曰："汝要过去，留下老少为质。"关公大怒，举刀就杀孔秀。秀退入关去，鸣鼓聚军，披挂上马，杀下关来，大喝曰："汝敢过去?"关公约退车仗，纵马提刀，竟不打话，直取孔秀。秀挺枪来迎，两马相交，只一合，钢刀起处，孔秀尸横马下，众军便走。关公曰："军士休走，吾杀孔秀，不得已也，与汝等无干。借汝众军之口，传语曹丞相，言孔秀欲害我，我故杀之。"众军俱再拜而退，关公即请二夫人车仗前行。

行至洛阳关，早有军士报知洛阳太守韩福，韩福急聚众将商议。牙将孟坦曰："既无丞相文凭，即系私行。若不阻挡，必有罪责。"韩福曰："关公猛勇，颜良、文丑俱为所杀，今只可设计擒之。"孟坦曰："吾有一计。先将鹿角拦定关口，待他到时，小将引兵和他交锋，佯败，诱他来追。公可用暗箭射之，若关某坠马，即擒解许都，必得重赏。"商议甫毕，忽有兵来报关公车仗已到。韩福弯弓插箭，引一千人马，排列关口，问来者何人。关公马上欠身言曰："吾汉寿亭侯关某，敢借过路。"韩福曰："有曹丞相文凭否?"关公曰："事冗，不曾讨得。"韩福曰："吾镇守此地，专一盘诘往来奸细。若无文凭，即系逃窜。"关公怒曰："东岭孔秀，已被吾杀，汝亦欲寻死耶。"韩福曰："谁人与我擒之?"孟坦出马，抡双刀来取关公。关公约退车仗，拍马来迎。孟坦战不三合，拨回马便走。关公赶来，孟坦只指望引诱关公，不想关公马快，早已赶上，只一刀砍为两段。关公勒马回来，韩福闪在门首，尽力放了一箭，正射中关公左臂。公用口拔出箭，血流不止。飞马径奔韩福，冲散众军。韩福急闪不及，关公手起刀落，带头连肩斩于马下。

于是关公割帛束住箭伤，保护车仗，连夜投沂水关来。把关将姓卞，名喜，善使流星锤。当下闻知关公将到，寻思一计。就关前镇国寺中，埋伏下刀斧手二百余人，诱关公至寺。约击盏为号，欲图相害。安排已定，出关迎接关公。公见卞喜来迎，便下马相见。喜曰："将军名震天下，谁不敬仰。今归皇叔，足见忠义。"关公诉说斩孔秀、韩福之事。卞喜曰："将军杀之是也。某见丞相，代禀衷曲。"关公甚喜，同上马，过了沂水关，到镇国寺前，有众僧鸣钟来迎，关公下马施礼。

原来那镇国寺，有僧三十余人。内有一僧，却是关公同乡人，法名普净。当下普净已知其意，向前与关公问讯，曰："将军离蒲东几年矣？"关公曰："将及二十年矣。"普净曰："还认得贫僧否？"公曰："离乡多年，不能相识。"普净曰："贫僧家与将军家，只隔一条河。"卞喜见普净叙出乡里之情，恐有泄漏，乃叱之曰："吾欲请将军赴宴，汝僧人何得多言？"关公曰："不然，乡人相遇，安得不叙旧情耶。"普净请关公方丈待茶，关公曰："二位夫人在车上，可先献茶。"普净教取茶先奉夫人，然后关公入方丈。普净以手举所佩戒刀，目视关公，公会意，命左右持刀紧随。卞喜请关公于法堂筵席，关公曰："卞君请关某，是好意，还是歹意？"卞喜未及回言，关公早望见壁衣中有刀斧手，乃大喝卞喜曰："吾以汝为好人，安敢如此。"卞喜知事泄，大叫左右下手。左右方欲动手，皆被关公拔剑砍之。卞喜下堂绕廊而走，关公弃剑执大刀来赶。卞喜暗取飞锤掷打关公，关公用刀将锤隔开，赶将入去，一刀劈卞喜为两段。随即回身来看二嫂，早有军人围住，见关公来，四散奔走。公于是谢别普净，保护车仗而行。

是日天晚，到了荥阳关。荥阳太守王植，却与韩福是两亲家，闻得关公杀了韩福，商议欲暗害关公，乃使人守住关口。待关公到时，王植出关，嬉笑相迎。关公诉说寻兄之事，植曰："将军于路驱驰，夫人车上劳困，且请入城，馆驿中暂歇一宵，来日登途未迟。"关公见王植意甚殷勤，遂请二嫂入城。王植请公赴宴，公辞不往。植使人送筵席至馆驿，关公因于路辛苦，请二嫂晚膳毕，就正房歇定，令从者各自安歇，饱喂马匹，关公亦解甲憩息。王植探知，乃密令从事胡班曰："关某背丞相而逃，又于路杀太守并守关将校，犯罪不轻。此人勇武难敌。汝今晚点一千军围住馆驿，一人一个火把。待三更时分，一齐放火，不问是谁，尽皆烧死。吾亦自引军接应。"胡班领命，便点起军士，密将干柴引火之物，搬于馆驿门首，约时举事。

胡班寻思，我久闻关云长之名，不识如何模样，试往窥之。乃至驿中，问驿吏曰："关将军在何处？"答曰："正厅上观书者是也。"胡班潜至厅前，见关公左手绰髯，于灯下凭几看书。班见了失声叹曰："真天人也。"公问何人。胡班入拜曰："荥阳太守部下从事胡班。"关公曰："莫非许都城外胡华之子否？"班曰："然也。"公唤从者于行李中取书付班。班看毕，叹曰："险些误杀忠良。"遂密告曰："王植心怀不仁，欲害将军，暗令人四面围住馆驿，约于三更放火。今某当先去开了城门，将军急收拾出城。"关公大惊。忙披挂提刀上马，请二嫂上车，尽出馆驿，果见军士各执火把听候。关公急来到城边，只见城门已开，关公催车仗急急出城，胡班还去放火。关公行不到数里，背后火把照耀，人马赶来。当先王植，大叫关某休走。关公勒马大骂："匹夫，我与你无仇，如何令人放火烧我？"王植拍马挺枪，径奔关公，被关公拦腰一刀，砍为两段，人马都散。关公催车仗速行，于路感胡班不已。

行至滑州界首，有人报于刘延，原来刘延与关公相识，迎问曰："公何往？"公曰："辞了丞相去寻家兄。"延曰："玄德在袁绍处，绍乃丞相仇人，如何容公去？"公曰："昔日约会言定。"言毕，即催车仗前进。到了黄河渡关隘，秦琪引军出问来者何人。关公曰："汉寿亭侯关某也。"琪曰："今欲何往？"公曰："欲投河北去寻兄长，敬求借渡。"琪曰："丞相公文何在？"公曰："吾不受丞相节制，有甚公文。"琪曰："吾奉令守把关隘，你便插翅，也飞不过去。"关公大怒曰："你知我于路斩戮拦截者乎？"琪曰："你只杀得无名下将，敢杀我么。"关公怒曰:"汝比颜良、文丑若何?"秦琪大怒,纵马提刀,直取关公。二马相交,只一合,关公刀起,秦琪头落。关公曰:"挡吾都已死,余人不必惊走。速备船只,送我渡河。"军士急撑舟傍岸,关公请二嫂上船渡河,渡过黄河,便是河北地方。公于路上忽然逢着孙乾,始知玄德不在绍处。后又于古城逢着张飞,经了许多曲折,方才与玄德相会。计公当日离去许都北门后,一连过了五个关隘,斩了六员守关的将士,即后人所传关公"过五关,斩六将"也。

火烧博望坡

国韵小小说

火烧博望坡

三国时候，曹操挟天子以令诸侯，拥兵数十万，擅专征讨。灭袁绍，破袁术，擒吕布。长江以北，除荆州一带，尚为刘表所有外，其余各郡，已大半入曹操手中。曹操之势力愈大，遂欲一统天下，篡汉献帝之位而自为皇帝。所以终日操练军马，预备先夺取荆州，再夺江东。其时有汉献帝之堂叔刘备，与义弟关羽、张飞，一心欲灭曹操。无如势力不敌，处处为操所败，逃至荆州，投依堂兄刘表。表为人言所惑，不肯重用，但以新野一县，借与刘备为暂居之所。曹操屡次兴兵来攻，幸而刘备新得军师徐庶，字元直，善于用兵，得以苟安，不致为操兵所据。

后徐庶之母，为曹操设计骗去。徐庶救母情急，不得已乃辞了刘备，荐诸葛亮自代。亮字孔明，博学多能，善于用兵，号称卧龙先生，家住南阳卧龙岗。刘备与关、张三次往请，方得孔明允许。于是刘备尽将一切兵权付与孔明，一班文官武将，都听孔明指挥。刘备待孔明，胜如父师，因此关、张心中不服，以为孔明不过一文人，手无缚鸡之力，何能退敌。是日，探子来报，曹操遣大将夏侯惇领大兵十万，浩浩荡荡，杀奔新野而来，尚有先锋韩浩，勇不可当，副将李典、乐进等数十员，皆善战之将。关、张闻报，都道此番看孔明有何计策。只听得聚将鼓咚咚擂动，军师升坐大堂。文武官将，皆来参见孔明，听候号令。但见孔明面前案上排列几封锦囊。孔明取下一令箭，又取下一锦囊。关、张皆以为第一令，一定非关即张。张飞自以为勇力过人，第一令必定遣他，所以预先撩起战裙，一足跨出，面对孔明，以便闻呼即出。但听孔明徐徐令孙乾上前听令，于是堂上下皆愕然。原来孙乾是位文官，众人以为曹操大兵杀来，只有遣大将上前杀敌，岂有遣文官之理。今遣孙乾，必是孔明外行，尚未知孙乾是文官，所以众人面面相觑，即孙乾亦不敢出来接令。听孔明呼三次，无奈出班，上前打拱。孔明道："公可带小卒十人，照锦囊之计而行，违令则斩。"孙乾勉强接令在手，退下阶沿，私自将锦囊一看，不觉大喜，于是含笑归班。此时孔明又呼简雍上前听令，简雍亦是文官，见孙乾含笑而立，乃大胆上前接令，亦得一锦囊而退。第三令遣赵云，赵云字子龙，乃刘备手下大将，惟此时尚未得名，故曹操但知关张而不知赵云，直待赵子龙在当阳道，从曹操百万军中冲出冲进，方知常山赵子龙乃是一员虎将。当时赵云闻唤，上前接令。孔明亦与一锦囊，并吩咐道："此去能一枪伤韩浩者，功劳第一，两枪则功罪相抵，三枪则无功有罪，立即斩首。"赵云颇觉为难，勉强接令退下。以下是糜竺、糜芳、刘封、茅成、苟庄、刘辟、龚都七人，各得一封锦囊。关公亦得一锦囊，与诸将同时退出。张飞候令许久，见只剩了自己一人。再看军师案上，锦囊已完。令架上亦只剩得一支令箭，不觉发急，忙抢步上前请令。孔明道："令已发毕，将军可自休息。"张飞大叫道："某自随大哥以来，每战必在前敌，今日如何落后？愿请一令，生擒夏侯惇献于帐下。"孔明微笑道："恐擒不得夏侯惇耳。"张飞道："除是夏侯惇不来，来则必能擒获。"孔明遂付一令道："后日子时，夏侯惇必由巴陵道经过，将军在彼守候，不可放走。"张飞道："夏侯惇若来巴陵道，飞不能擒，愿以首级奉上；夏侯惇若不来巴陵道则如何？"孔明道："若不来，则亮愿以兵符印信奉让。"二人说定。孔明退帐，但见刘备愁眉不转，若有重忧。孔明道："主公莫非忧兵少乎？"刘备曰："然也，想此间兵不满千，只有九百五十余人，大将只有三员，如何拒敌得曹兵十万，"孔明道："兵不在多贵在精，且昔日元直亦曾将此数屡败曹兵。亮今略施小计，管教曹兵伤折大半。即日请主公出城，至博望坡饮酒观战如何，"刘备只得勉强答应。

　　此时夏侯惇的大兵，路上无阻，一直冲将下来。到诸葛亮发令之次日，头队先锋韩浩已引三万大兵直抵鹊尾坡，不见刘备兵将来阻，颇以为奇。因天色已晚，即令停营扎寨，发探子向前探听消息。随后中军都督夏侯惇、后军李典，亦引兵来到，一齐扎营，粮队上乐进发下军粮，军士们埋锅造饭。但见探子回报，新野城内并无一人，连百姓皆不知去向，大约刘备已经逃走。韩浩与夏侯惇因闻得新野兵不满千，不能拒敌大兵，所以逃走一说，深信不疑。却不料简雍奉孔明锦囊之计，劝谕全城百姓，一齐退向东南山中。糜竺、糜芳亦奉令保护刘备及文武各官家眷，出城避在安静荒僻之所，所以新野变了一座空城。有顷，曹兵捉得十一个百姓，来见夏侯惇。问起刘备，百姓们皆说已于昨日逃入博望坡山内。夏侯惇问肯引导否，百姓们起初不肯，后来禁不得夏侯惇再三威迫，才肯担任。于是发向韩浩营中住宿，犹恐是奸细，命人留心窃听他们言语。但见十一人吃毕饭，即横七竖八在草上鼾睡，并不交言。次日韩浩奉令，带领百姓及头队三万人先行，夏侯惇随后接应，乐进引三万兵把守粮寨。但是百姓们行得甚慢，直行至日已斜西，尚未望见博望坡。经不得韩浩严催，又走了许多时候，始望见前面山峰上白旗飘扬。十一人中有一人最善言语者，忽扬鞭一举，十一骑一齐飞奔而前，转瞬不见。韩浩大怒，驱兵直进，至白旗前。忽一声炮响，林内五十余人拥出，为首一将，盔歪甲锈，原来是赵云奉孔明将令，在此等孙乾引诱曹兵过来。今见孙乾已过去，所以引兵来阻韩浩。韩浩一见，以为此无名小将，不值问名，即举起金背大刀，向赵云劈面便砍。赵云将枪轻轻一架，回马即走，韩浩紧紧追赶。赵云已先在博望坡谷口内，拨转马头等侯。韩浩舞刀而进，但见一枪自刀隙直奔咽喉，避已不及，即被赵云一枪将韩浩挑于马下。赵云随即驰上山头，越山而下，与五十余卒会于一处。早有小兵报夏侯惇，夏侯惇闻知韩浩被害，大怒，催兵前进，直入谷中。

但见谷中足容五六万人，四面皆山，树林丛杂。迎面山顶上，刘备与诸葛亮在彼饮酒。夏侯惇一见大喜，挥军进发，一时鼓声震天，杀声动地，直杀进谷中来。

刘备见之，忙呼先生。孔明徐徐道："主公盍再饮一杯？"刘备不答。有顷，见曹兵离山只一箭之遥，又呼先生。孔明微笑，仍只顾举杯饮酒，并言主公欲听琴否，于是取琴抚弦而操。刘备气极，以双手遮耳。少顷，但见曹兵已抵山足，汹汹欲上。刘备惊得拽住孔明衣服，大呼先生。孔明微笑，把手中羽扇微摇道："无妨。"但见帐后一面大红旗，突然竖立，原来摇羽扇是记号，背后刘封看见，即将红旗竖起。同时谷口亦竖起一面红旗，谷口两边。一声梆子响，十几辆车子，上载稻草，自山上掷下，柴中有火药，已点着，即时将谷口烧断。又有无数石块，在外面一方倾下，将谷口出路截住。于是曹兵截而为二，谷内五万，谷外三万，彼此不能救应。此时谷外后军无主，李典见谷形四面皆山，易受火攻，故纵马而前，来见夏侯惇，劝令退兵。夏侯惇因一心想擒刘备，所以不听李典之言。李典回马欲出，谷口已经截断，无路可走。赵云见谷口火起，引军来杀谷外兵马，曹兵无主，纷纷逃窜，自相践踏，死伤不计其数，有投降者，赵云皆收纳之。却说，谷口茅成、苟庄动手时，两边山上刘辟、龚都带同四百兵丁，各执稻柴一捆，柴内束一大火药包，药线通出在外，点着药线，向山掷下。山足下小树及草，已预先灌油，装上许多硫黄、烟硝引火之物。所以一经着火，即蓬蓬勃勃，大烧起来。曹兵遂不敢向两边上山，岂知正中山腰，刘封亦带了一百兵卒如法放火，山腰亦顿时烧着。曹兵急向后退，后面谷口，茅成、苟庄引一百兵卒，亦掷下火种。于是四面皆火，将五万曹兵，围在中央。忽闻一声轰响，前面地中一个地雷轰发，接连四面地雷都起，将五万曹兵，轰得断腿折臂，哭声震天，惨不忍闻。夏侯惇与李典东冲西突，虽被轰及数处，幸未致命。

此时天色已晚，博望坡中，火光烛天。张飞在巴陵山上，远远望见，拍手大乐，惟相距太远，瞭望不清。遂命手下十八骑燕将，与一百兵卒严守巴陵大道，若有曹兵踪迹，即来通报，大约夏侯惇必死于火中，不能至此矣。吩咐既毕，便飞马向对面山头驰去。犹嫌太远，复走到前面山巅，始望得略为清楚，不觉拍手狂呼军师妙计不止。谁知夏侯惇等四处寻觅生路，起初不见有一隙可乘，却好谷中西南本有一条小路，为刘辟筑一薄墙阻断，墙前又有数株小树，所以曹兵寻之不得。现树已烧至半烬，薄墙为火所逼，忽然坍倒，夏侯惇与李典适至此间，见了大喜，冒火冲出，引数千余骑，飞奔而逃。其余曹兵尚未得知，仍在火中乱窜，有舍命冒火上山者，皆为山上伏兵所杀，所以谷中曹兵，无一生者。且说，夏侯惇得脱火窟，觅路狂奔，不知不觉黑暗中误入一条山套，名为独龙套。套中无路可通，乃是关云长把守，奉军师锦囊计，预备下大牛二十头，牛角上皆缚利刃，尾上扎以稻草，草上涂油，五只为一排，共四排。此时见曹兵一齐冲入套中，关公下令点火，周仓与关平得令，即命步卒举起火把，向牛尾上点去。牛见身后火起，大惊，忙命向前奔去。夏侯惇与李典，正在奔走时，忽遇着一排火牛，飞奔而来，吓得魂不附体，皆道今番必死，急向身后山坳避入。此时只见周仓执锤，关平提刀，引了二百步卒，随于牛后杀来。可怜数千曹兵，或自相践踏，或为火牛角上利刃所刺，或为火牛踏死，或为周仓等所杀。顿时套中死尸成堆，血流成河。末后方见关公引二十四骑，缓缓而行。夏侯惇等待至人声稍静，方敢钻出山坳，逃至套外，觅路向巴陵道而去。

关公见夏、李已逃，并不追赶，命将牛尾火救熄，带领兵卒向鹊尾坡进发。鹊尾坡曹营中乐进，早已得败兵报知夏侯惇被困谷中，只因粮草辎重，非常重要，不敢前去救援。此时探子来报，汉寿亭侯关云长引兵来了，只吓得大惊失色，勉强掉枪上马，出营来会关公。早见关公已经列阵以待，乐进勒马向前，引身施礼道："君侯莫非来劫粮否？"关公道："然也。"乐进哀告道："君侯可否念昔日丞相相待之情，饶此一遭。"关公道："某奉军师将令，不敢徇私。"乐进见乞情不得，猛起一枪，向关公马头上刺来。关公正欲起刀招架，但见周仓一跃而前，呼道"割鸡焉用牛刀"，即举起手中铁锤，向乐进枪上一击。乐进架不住枪，手一松，枪已坠在地下。周仓又迎面一锤，乐进闪避不迭，向后一仰，跌于地上，口中大呼君侯饶命。关公知乐进乃无用之徒，杀之不勇，乃命周仓住手。乐进方敢爬起，提枪上马，飞奔逃去。关公带二百余兵卒，一齐冲入曹营，曹兵不敢抵敌，皆纷纷逃窜，或伏地投降。关公即将曹营粮草辎重，检点清楚，解回新野。乐进召集残兵，在大路上停住，命人探听夏侯惇、李典生死消息。

却说，夏侯惇一路向巴陵道来，与李典私议道："刘备手下，关、张最勇，关公已遇着过了，尚未遇着张飞，大约必在巴陵道上，不可不预为之计。"乃命小卒往前探视，有无张飞旗号。小卒来至巴陵山前。望见十八骑燕将，来回巡行。小卒隐身石后，但闻燕将道："此时正当夜半子时，军师说定夏侯惇必来。奈何张将军尚在前面山头观火，曹兵倘到，我等如何敌得？"小卒听了回报，夏侯惇大喜道："此时张飞既不在此，我等速向前夺路。"于是直奔巴陵山前而来，燕将见之，急时命小卒去报知张飞。小卒到得张飞马前，已跑得满身是汗，喘息得开口不出，及至开口禀报，则张飞尚在拍手狂呼军师妙计，所以并不听见。小卒禀至再三，张飞方才听得，旋转马头飞奔回去。来时嫌看不清楚，不惜越过一重山。此时又嫌多此一重山，到得巴陵道上，则燕将等早已望眼欲穿，夏侯惇去已多时。张飞始想起赌首级之事，不觉大惊，忙向前追赶，并不见曹兵踪影。至前面双岔路口，一是大道，一是小路。张飞立住，狐疑不决，正不知曹兵向何路而去。忽见小路上有战靴一双，以为一定是走的小路，遂竟向小路进赶。将近四更，尚不见曹兵，张飞始悟道："我中计矣，曹兵走的必是大路，故意以靴诱我，我今追亦无益。"于是率领兵卒，垂头丧气而归。夏侯惇逃至大路，遇见乐进，乃一同归见曹操。幸而曹操并不见责，夏侯惇方安心而退，请医调养火伤。后人因夏侯惇善逃，所以戏呼人之逃走者为夏侯惇云。

且说，张飞回到新野，但见百姓已归，市面如常。至辕门下马，探问众将。知文官中孙乾因假装百姓，引曹兵到博望坡，功受上赏。赵云与关公各得二功，其余众将官，无不有功。惟有张飞一人，空手回来，自觉羞惭。忽闻军政官传呼："张将军生擒夏侯惇，功居第一，军师将以兵符印信相让，请张将军即刻进见。"张飞满面含羞，登堂请罪。孔明起初定欲按军令斩首，后经刘备、关公力求，孔明方允不斩，但罚张飞清理战场。从此新野城中，人人皆服军师号令。孔明命简雍检点所得曹营粮数，简雍点讫，入报，谓足支十万大军三月之食。孔明大喜，即将新降兵卒编入队伍，日日操练，以待曹兵再来。夫孔明所部，不及千人，卒胜曹兵十万，此足见兵贵精不贵多，亦在用之者何如。彼后世之专务招募，虚糜饷项者，其亦可以鉴矣。

长坂坡
国韵小小说

长坂坡

湖北当阳县有一座土坡，名为长坂坡，即三国时赵云单骑救阿斗处。先是曹仁被关羽、张飞败后，收拾残军，就新野屯住，使曹洪去见曹操，具言诸葛亮火烧新野之事。操大怒曰："诸葛村夫，安敢如此。"催动三军，漫山遍野，至新野下寨。传令三军，一面搜山，一面填河，大军分作八路，一齐去取樊城。

刘备探知消息，问计于孔明。孔明曰："可速弃樊城，取襄阳暂歇。"玄德曰："奈百姓相随，安忍弃之？"孔明曰："可令人遍告百姓，如有愿随者，同去；不愿者留下。"先使云长往江岸整顿船只，令孙乾、简雍在城中扬声曰："今曹兵将至，孤城不可久守。百姓愿随者，便同渡江。"两县之民齐声大呼曰："我等虽死，亦愿随使君。"继日号泣而行，扶老携幼，将男带女，滚滚渡河，两岸哭声不绝。玄德于船上望见，大恸曰："为吾一人，而使百姓遭此大难，吾何生哉。"欲投江而死，左右急救止，闻者莫不痛哭。船到南岸，回顾百姓有未渡者，向南而哭。玄德急令云长催船渡之，方才上马。行至襄阳东门，玄德勒马大叫曰："刘琮贤侄，吾但欲救百姓，并无他念，可快开门。"刘琮闻玄德至，惧而不出。孔明曰："江陵乃荆州要地，不如先取江陵为家。"玄德曰："正合吾心。"

于是引着百姓，尽离襄阳大路，往江陵而走。襄阳城中百姓，多有乘乱逃出城来，跟玄德而去。路过刘表之墓，玄德率众将拜于墓前，哭告曰："辱弟备，无德无才，负兄寄托之重，罪在备一身。望兄英灵，垂救荆襄之民。"言甚悲切，军民无不下泪。忽哨马报说，曹操大军已屯樊城，使人收拾船筏，即日渡江赶来也。众将皆曰："江陵要地，足可拒守。今拥民众数万，日行十余里，似此几时得至江陵？倘曹兵到，如何迎敌？不如暂弃百姓，先行为上。"玄德泣曰："举大事者必以人为本，今归我，奈何弃之。"于是拥着百姓，缓缓而行。孔明曰："追兵不久即至，可遣云长往江夏求救于公子刘琦。教他速起兵乘船，会于江陵。"玄德从之，即修书令云长同孙乾带五百军，往江夏求救。令张飞断后，赵云保护老小，其余俱管顾百姓而行，每日只走十余里便歇。行了二十余日，忽哨马来报曰："曹操令文聘引兵开道，并教各部下精选五千铁骑，星夜前进，限一日一夜赶上，大军随后陆续而来。"玄德闻报，大吃一惊。孔明曰："云长往江夏去了，绝无回音，不知若何。"玄德曰："敢烦军师亲自走一遭。"孔明允诺，便同刘封引五百军，先往江夏求救去了。

当日玄德自与简雍、糜竺、糜芳同行。正行间，忽然一阵狂风吹起，尘土冲天，遮蔽红日。玄德惊曰："此何兆也？"简雍颇明阴阳，袖占一课，失惊曰："此大凶之兆也，应在今夜，主公可速弃百姓而走。"玄德曰："百姓从新野相随至此，吾安忍弃之？"雍曰："主公若恋而不弃，祸不远矣。"玄德问前面是何处，左右答曰："前面是当阳县，有座山名为景山。"
玄德便教就此山扎住。时秋末冬初，凉风透骨，黄昏将近，
哭声遍野。至四更时分，只听得西北喊声，震地而来。玄德
大惊，急上马，引本部精兵二千余人迎敌。曹兵掩至，势不
可当，玄德死战。正在危迫之际，幸得张飞引军至，杀开一
条出路，救玄德往东而走。

　　张飞保着玄德，且战且走，奔至天明。闻喊声渐渐远
去，玄德方才歇马。看手下随行人，只有百余骑。百姓老
小，并糜竺、糜芳、简雍、赵云等大众人，皆不知下落。玄德
大哭曰："十数万生灵，皆因恋我，遭此大难。诸将及老小，
皆不知存亡，虽土木之人，宁不悲乎。"正凄惶时，忽见糜芳
身带数箭，踉跄而来，口言赵子龙反投曹操去也。玄德叱
曰："子龙是吾故交，安肯反乎？"张飞曰："他今见我势穷力
尽，或者反投曹操，以图富贵耳。"玄德曰："子龙从我于患
难，心如铁石，非富贵所能动摇也。"糜芳曰："我亲见他投西
北去了。"张飞曰："待我亲自寻他去。若撞见时，一枪刺
死。"玄德曰："休错疑了。子龙此去，必有事故，吾料子龙必
不弃我也。"张飞哪里肯听，引二十余骑，至长坂桥，见桥东
有一带树木。飞生一计，教所从二十余骑，都砍下树枝，拴
在马尾上，在树林内往来驰骋，冲起尘土，以为疑兵。飞却
亲自横矛立马于桥上，向西而望。

　　却说，赵云自四更时分，与曹军相杀，往来冲突。杀至

天明，寻不见玄德，又失了玄德老小，云自思曰："主人将甘、糜二夫人与小主人阿斗，托付在我身上。今日军中失散，有何面目去见主人，不如去决一死战，好歹要寻主母与小主人下落。"回顾左右，只有三四十骑相随，云拍马在乱军中寻觅。二县百姓，号哭之声，震动天地，中箭着枪，抛弃男女而走者，不计其数。赵云正走之间，见一人卧在草中，云视之，乃简雍也。云急问曰："曾见两位主母否？"雍曰："二主母弃了车仗，抱阿斗而走。我飞马赶去，转过山坡，被一将刺了一枪，跌下马来。马被夺了去，我争斗不得，故卧在此。"云乃将从人所骑之马，借一匹与简雍骑坐，又着二卒扶护简雍先去，报与主人："我上天入地，好歹寻主母与小主人来；如寻不见，死在沙场上也。"说罢，往长坂坡而去。

忽一人大叫，"赵将军哪里去？"云勒马问曰："你是何人？"答曰："我乃刘使君帐下护送车仗的军士，被箭射倒在此。"赵云便问二夫人消息，军士曰："恰才见夫人披头跣足，相随一伙百姓妇女，投南而走。"云听说，也不顾军士，急纵马往南赶去。只见一伙百姓男女数百人，相携而走，云大叫曰："内中有甘夫人否？"夫人在后面望见赵云，放声大哭。云下马插枪而泣曰："使主母失散，云之罪也。糜夫人与小主人安在？"甘夫人曰："我与糜夫人被逐，弃了车仗，杂于百姓内步行。又撞见一支军马冲散，糜夫人与阿斗，不知何往，我独自逃生至此。"正言间，百姓发喊："又撞出一支军来。"赵云拔枪上马看时，面前马上绑着一人，乃糜竺也。背后一将，手提大刀，引着千余军，乃曹仁部将淳于导拿住糜竺，正要押去献功。赵云大喝一声，挺枪纵马，直取淳于导。导抵敌不住，被云一枪刺落马下，向前救了糜竺，夺得马二匹。云请甘夫人上马，杀开一条出路，直送至长坂坡。

只见张飞横矛立马于桥上，大叫："子龙！你如何反我哥哥！"云曰："我寻不见主母与小主人，因此落后，何言反耶。"飞曰："若非简雍先来报信，我今见你，怎肯甘休也。"云曰："主公在何处？"飞曰："只在前面不远。"云谓糜竺曰："糜子仲保甘夫人先行，待我仍寻糜夫人与小主人去。"言罢，引数骑再回旧路。正走之间，见一将手提铁枪，背着一口剑，引十数骑，跃马而来。赵云便不通话，直取那将。交马只一合，把那将一枪刺倒，从骑皆走。原来那将乃曹操随身背剑之将夏侯恩也。曹操有宝剑两柄，一名倚天，一名青虹。倚天剑自佩之，青虹令夏侯恩背之。那青虹剑砍铁如泥，锋利无比。当时夏侯恩自恃勇力，背着此剑，只顾引人抢夺掳掠，不想撞着赵云，被他一枪刺死，夺了那柄剑。看靶上有金嵌"青虹"二字，方知是宝剑也。

云插剑提枪，复杀入重围。回顾手下从骑，已无一人，只剩得孤身。云并无半点退心，只顾往来寻觅，但逢百姓，便问糜夫人消息。忽一人指曰："夫人抱着孩儿，左腿上着了枪，行走不得，只在前面墙根坐地。"赵云听了，连忙追寻。

只见一个人家，被火烧坏土墙，糜夫人抱着阿斗，于墙下井旁啼哭，云急下马伏地而拜。夫人曰："妾得见将军，阿斗有命矣。望将军可怜他父亲飘零半世，只有这点骨血，将军可护持此子，教他得见父面，妾死无恨。"云曰："夫人受难，云之罪也。不必多言，请夫人上马，云自步行死战，保夫人透出重围。"糜夫人曰："不可，将军岂可无马？此子全赖将军保护，妾已重伤，死何足惜。望将军速抱此子前去，勿以妾为累也。"云曰："喊声将近，追兵已至，请夫人速速上马。"糜夫人曰："妾身委实难去，休得两误。"乃将阿斗递与赵云曰："此子性命，全在将军身上。"赵云三回五次请夫人上马，夫人只不肯上马。四边喊声又起，云厉声曰："夫人不听吾言，追军若至，为之奈何。"糜夫人乃弃阿斗于地，翻身投井而死。

赵云见夫人已死，恐曹军盗尸，便将土墙推倒，掩盖井口。掩讫，解开勒甲绦，放下掩心镜，将阿斗抱护在怀，提枪上马。早有一将引一队步军至，乃曹洪步将晏明也，持三尖两刃刀来战赵云，不三合，被赵云一枪刺死，杀散众军，冲开一条路。正走间，前面又一支军马拦路，当先一员大将，旗号分明，大书"河间张郃"。云更不答话，挺枪便战，约十余合，云不敢恋战，夺路而走。背后张郃追来，云加鞭而行，不想一个趷跶，连人和马，颠入土坑之内。张郃挺枪来刺，忽然那匹马凭空一跃，跳出坑外。张郃见了，大惊而退。赵云纵马正走。背后忽有二将，大叫"赵云休走"；前面又有二将，使两般军器，截住去路。后面赶的，是马延、张颉；前面阻的，是焦触、张南。赵云力战四将，曹军一齐拥至。云乃拔青虹剑乱砍，手起处，衣甲透过，血如涌泉，杀退众军，直透重围。

却说，曹操在景山顶上，望见一将，所到之处，威不可当，急问左右是谁。曹洪飞马下山大叫曰："军中战将，可留姓名？"云应声曰："吾乃常山赵子龙也。"曹洪回报曹操，操曰："真虎将也，吾当生致之。"遂令飞马传报各处，如赵云到，不许放冷箭，只要捉活的。因此赵云得脱此难，此亦阿斗之福所致也。这一场杀，赵云怀抱后主，直透重围，砍倒大旗两面，夺槊三条，前后枪刺剑砍，杀死曹营名将五十余员。赵云当时杀出重围，已离大阵，血满征袍。正行间，山坡下又撞出两支军，乃夏侯惇部将钟缙、钟绅兄弟二人，一个使大斧，一个使画戟，大喝："赵云，快下马受缚。"并拦住去路。赵云挺枪便刺，钟缙当先挥人斧来迎。两马相交，战不三合，被云一枪刺落马下，夺路便走。背后钟绅持戟赶来，马尾相衔，那支戟只在赵云后心内弄影。云急拨转马头，恰好两胸相拍。云左手持枪，隔过画戟，右手拔出青虹宝剑砍去，带盔连脑，砍去一半。绅落马而死，余众奔散。赵云得脱，往长坂桥而走。

只闻后面喊声大震，原来文聘引军赶来。赵云到得桥边，人困马乏，见张飞挺矛立马于桥上，云大呼曰："翼德援我。"飞曰："子龙速行，追兵我自挡之。"云纵马过桥，行二十余里，见玄德与众人憩于树下，云下马伏地而泣，玄德亦泣。云喘息而言曰："赵云之罪，万死犹轻。糜夫人身带重伤，不肯上马，投井而死。云只得推土墙掩之，怀抱公子，身突重围。赖主公洪福，幸而得脱。适才公子尚在怀抱中啼哭，此一会不见动静，想是不能保也。"遂解视之，原来阿斗正睡着未醒，云喜曰："幸得公子无恙。"双手递与玄德，玄德接过，掷之于地曰："为汝这孺子，几损我一员大将。"赵云忙向地下抱起阿斗，泣拜曰："云虽肝脑涂地，不能报也。"

却说，文聘引军追赵云至长坂桥，只见张飞倒竖虎须，圆睁环眼，手执蛇矛，立马于桥上。又见桥东树林之后，尘头大起，疑有伏兵，便勒住马，不敢近前。后面曹仁、夏侯惇、夏侯渊、乐进、张辽、张郃、许褚等都至，见飞怒目横矛，立马于桥上。又恐是诸葛孔明之计，都不敢近前，扎住阵脚，一字儿摆在桥西，使人飞报曹操。操闻知，急上马，从阵后来。张飞隐隐望见，料得是曹操心疑，亲自来看。飞乃厉声大喝曰："我乃燕人张翼德也，谁敢与我决一死战？"声如巨雷，曹军闻之，尽皆股栗。曹操回顾左右曰："吾向曾闻云长言，翼德于百万军中，取上将之首，如探囊取物。今日相逢，不可轻敌。"言未已。张飞睁目又喝曰："燕人张翼德在此，谁敢来决死战？"曹操见张飞如此气概，颇有退心。飞望见曹操后军阵脚移动，乃挺矛又喝曰："战又不战，退又不退，却是何故？"喊声未绝，曹操身边夏侯杰，惊得肝胆碎裂，倒撞于马下。操便回马而走，于是诸军众将，一齐往西逃奔，弃枪落盔者，不计其数，人如潮涌，马似山崩，自相践踏。

曹操往西而走，冠簪尽落，披发奔逃。张辽曰："丞相休惊，料张飞一人，何足深惧。"曹操方才神色稍定，乃令张辽、许褚。再至长坂桥，探听消息。且说张飞见曹军一拥而退，不敢追赶，速唤原随廿余骑，摘去马尾树枝，令将桥梁拆断，然后回马来见玄德，具言断桥一事。玄德曰："吾弟勇则勇矣，但不合拆断桥梁。"飞曰："他被我一喝，倒退数里，何敢再追。"玄德曰："若不断桥，彼恐有埋伏，不敢进兵。今拆断了桥，彼料我无军，必来追赶。"于是即刻起身，从小路往汉津而走。行了数里，忽见后面尘土大起，鼓声连天，喊声震地。玄德曰："前有大江，后有追兵，如之奈何？"急命赵云准备御敌。忽山坡后鼓声响处，一队军马飞出，大叫曰："我在此等候多时了。"当头那员大将，原来是关云长，去江夏借得军马一万，探知当阳长坂大战，特地截出。曹操一见云长，即勒住马，回顾众将曰："又中诸葛孔明之计也。"传命大军速退。

云长追赶十数里，即回军保玄德等。到汉津，已有船只伺候，云长请玄德并甘夫人、阿斗至船中。坐定，云长问曰："二嫂嫂如何不见？"玄德诉说当阳之事。正说之间，忽见南岸战鼓大鸣，舟船如蚁。玄德大惊，船来至近。只见一人白袍银铠，立于船头上，大呼曰："叔父别来无恙，小侄得罪。"玄德视之，乃刘琦也。琦过船，正诉情由，忽西南上战船一字儿摆开，乘风而至。刘琦惊曰："江夏之兵，小侄已尽起至此矣，此战船必曹操之军也，如之奈何。"玄德出船头视之，见一人纶巾道服，坐在船头上，乃孔明也，背后立着孙乾。玄德慌请过船，问何故在此。孔明曰："亮自至江夏，先令云长来接。又料曹操必来追赶，主公不从江陵，必斜取汉津，故特请公子先来接应。我径往夏口，尽起军前来相助。"玄德大悦，遂合一处，商议破曹之策。这便是赵云单骑救主，张飞在长坂坡喝退曹兵的一段故事。

火烧赤壁
国韵小小说

火烧赤壁

话说，湖北嘉鱼东北滨江之地，有一座山，名为赤壁山，三国时东吴都督周瑜字公瑾，用火攻烧曹操八十三万人马，即此处也。先是周瑜进兵三江口，大胜一阵，乃乘机偷看曹操水寨。看时，大惊曰："此深得水军之法，水军都督是谁？"左右曰："蔡瑁、张允。"瑜思曰："二人谙习水战，吾必设计以除之。"正窥看间，早有曹军飞报曹操，操乃聚众谋士商议。有一帐下幕宾，姓蒋，名干，字子翼，进曰："此只可用计破之。"操曰："何计？"干曰："某与周郎同窗交契，愿往江东，说此人来降。"操大喜。干乘舟径到周瑜寨中，命传报故人蒋干相访。瑜闻报，笑谓诸将曰："说客至矣。"遂与众将附耳低言如此如此，众将应命。瑜乃出迎，干入，问曰："公瑾别来无恙？"瑜曰："子翼良苦，远涉江湖，为曹氏做说客耶？"干曰："吾特来叙旧，既疑我，请告辞。"瑜笑而挽其臂曰："既无此心，何速去也。"遂同入帐。坐定，即命诸将与子翼相见。见毕，就列于两旁而坐。大张筵席，轮换行酒。瑜告众官曰："此吾同窗契友，虽从江北来，却不是说客，公等勿疑。"又解佩剑付部将太史慈曰："公可佩我剑作监酒。今日宴饮，但叙友情，如有提起曹操与东吴军旅之事者，即斩之。"慈应诺。干愕然不敢多言，饮至天晚，干辞曰："不胜酒力矣。"瑜命撤席，诸将辞出。瑜曰："久不与子翼同榻，今宵正可抵足而眠矣。"

于是瑜佯作大醉之状，携干入帐共寝，随即和衣倒卧，呕吐狼藉，蒋干如何睡得着，伏枕听时，军中鼓打二更。起视残灯尚明，看周瑜时，鼻息如雷。干见案上堆着一卷文书，乃起床偷视之，却都是往来书信。内有一封，上写"蔡瑁、张允谨封"。干大惊，暗读一过，得悉张、蔡二人结连东吴，遂将书暗藏于衣内。再欲检看他书时，床上周瑜翻身。干急灭灯就寝，瑜口内含糊曰："子翼，我数日之内，教你看曹操之首。"干勉强应之，瑜又曰："子翼且住，教你看曹操之首。"及干问之，瑜又睡着。干伏于床上，将及四更，只听得有人入帐，唤曰："都督醒否？"瑜梦中做忽觉之状，故问那人曰："床上睡着何人？"答曰："都督请子翼同寝，何故忘却？"瑜懊悔曰："吾平日未尝饮酒，昨日醉后失事，不知可曾说甚言语？"那人曰："江北有人到此。"瑜喝低声，便唤子翼，蒋干只装睡着。瑜潜出帐，干窃听之，只闻有人在外曰："张、蔡二都督道，急切不得下手。"后面言语颇低，听不真实。少顷，瑜入帐，又唤子翼，干蒙头假睡，只是不应，瑜乃解衣就寝。干寻思周瑜是个精细人，天明寻书不见，必然害我。睡至五更，起唤周瑜，瑜却睡着。干乃潜步出帐，径出辕门，寻着船只，飞棹回见曹操。

操见干回，问曰："其事若何？"干曰："虽不能说周瑜，却与丞相打听得一件事。"乞退左右，干取出书信，并将上项事逐一说与曹操。操大怒，即唤张允、蔡瑁至，令武士推出斩之。细作探知，报过江东，周瑜大喜。且说，曹操寻思诸葛亮现在江东，与周瑜设计，急切难破。乃遣蔡瑁族弟蔡中、蔡和二人，先去东吴诈降，为奸细内应，以通消息。是时周瑜正理会进军之事，忽报江北有船来此，称是蔡中、蔡和，因族兄蔡瑁无罪被杀，欲报其仇，特来投降。瑜大喜，即命唤入，令与甘宁引军为前部。瑜又暗嘱甘宁，宁领命而去。适部将黄盖字公覆潜入军中来见，瑜又与黄盖密议，盖应诺，遂辞出。次日，周瑜鸣鼓大会诸将，令各领三个月粮草，准备御敌。言未讫，黄盖进曰："莫说三个月，便支三十个月粮草，也不济事。"瑜勃然大怒曰："今两军相敌之际，汝敢出此言，慢我军心！"喝左右推出斩之。盖亦怒曰："吾自随孙氏，纵横东南，已历三世，哪有你来。"瑜大怒，唤令速斩。甘宁方欲进劝，瑜即叱左右，将宁乱棒打出。众官哀求，瑜怒未息，众官再三苦苦哀求，瑜乃曰："看汝众官面上，暂且免死。"命左右拖翻，打一百脊杖，以正其罪。众官又告免，瑜推翻案桌，斥退众官。喝教行杖，将盖剥了衣服，拖翻在地，打了五十脊杖。众官复苦苦哀求，瑜跃起指盖曰："汝敢小觑我耶？且寄下五十杖，再有怠慢，二罪俱罚。"恨声不绝而入帐中。众官扶起黄盖，归到本寨。忽报参谋阚泽来问，盖令请入卧内，斥退左右，谓曰："某受吴侯厚恩，无以为报，故献此计。今修下诈降书，烦公献于曹操。"泽允诺，当即领了书，扮作渔翁，驾小舟向北而行。是夜到了曹军水寨，巡江军士拿住，连夜报知曹操：“有一个渔翁，自称是东吴参谋阚泽，有机密事来见丞相。”操即教军士引入。泽至，只见帐下灯烛辉煌，操凭几危坐问曰：“汝既是东吴参谋，来此何干？”泽曰：“人言曹丞相求贤若渴，今观此问，甚不相合，黄公覆汝错寻思也。”操曰：“吾与东吴，旦夕交兵。汝私行到此，如何不问。”泽曰：“公覆乃东吴旧臣，今被周瑜无端毒打，不胜愤恨，特谋之于我，欲来投降。吾与公覆情同骨肉，径来为献密书，未知丞相肯容纳否。”操曰：“书在何处？”泽把书呈上。操拆书就灯下看了十余次，忽拍案张目大怒曰：“黄盖用苦肉计，令汝下诈降书，就中取事，却敢来戏侮我耶。”便命左右推出斩之。泽面不改色，仰天大笑。操教牵回，叱曰：“吾已识破奸计，汝何故哂笑。”泽曰：“汝且说书中哪件事是奸计？”操曰：“吾说出你那破绽，教你死而无怨。你既是献书投降，如何不明约几时？”泽大笑曰：“岂不闻背主作窃，不可定期。倘今约定日期，急切下不得手，这里反来接应，事必泄漏。但可觑便而行，安可预期订约乎？”操闻言，改容下席称谢，并取酒待之。

少顷，有人入帐，向操耳私语，操曰：“将书来看。”其人以密书呈上，操看之，颜色颇喜。阚泽暗思此必二蔡来报黄盖受刑消息，操故喜我投降之事为真实也。操曰：“烦先生再回江东，与公覆约定。先通消息，吾以兵接应。”泽即辞别曹操，回见黄盖。盖甚喜，泽又往甘宁寨中，使宁故作咬牙切齿，愤骂周瑜之状，以窥蔡中、蔡和之意，果然二蔡吐出心腹之事。于是四人共饮，同诉心事。二蔡实时写书，密报曹操。泽另自修书，遣人密报曹操。书中具言黄盖欲来，未得其便，但看船头插青龙牙旗而来者是也。却说，曹操连得二书，疑惑不定。乃令蒋干再往东吴，探听实信。干即驾小舟，径到江南水寨，使人传报。周瑜听得干又来，大喜曰："吾之成功，只在此人身上。"随使人去请蒋干。干入帐，瑜作色曰："子翼何故欺我太甚！"干笑曰："吾特吐心腹事，何言相欺。"瑜曰："前番吾念旧日交情，请你痛饮，留你共榻。你却盗我私书，不辞而去，归报曹操，杀了蔡瑁、张允，致使吾事不成。今日又来，必不怀好意。若不看旧日之情，一刀两断。"言罢，便教左右送往西山庵中歇息。"待吾破曹后，渡你过去未迟。"干再欲开言，瑜已入帐后去了。

左右即送干到西山庵内歇息。干心中忧闷，寝食不安。是夜独步出庵后，忽听读书之声，信步寻去，见山畔有草屋数椽，内射灯光。往窥之，只见一人挂剑灯前，诵孙吴兵书。干思此必异人也，叩户请见。其人开门出迎，干问姓名。答曰："姓庞，名统，字士元。"干喜曰："久闻大名，何僻居于此？"答曰："周瑜自恃才高，不能容物，吾故隐居于此。公乃何人？"干曰："吾蒋干也。"统遂邀入草庵，共坐谈心。干曰："以公之才，何往不利。若肯归曹，干当引进。"统曰："吾久欲离此，公既肯引进，便当一行。若迟，周瑜闻之，必将见害。"于是与干连夜下山，至江边，寻着原来船只，飞棹过江。既至，干先入见，备说前事。操闻庞士元来，亲自出迎，相见甚欢，并邀统观看水陆各寨，统极口称赞。操大喜，回寨置酒共饮，同说兵机。统高谈雄辩，应答如流，操深敬服。

庞统忽佯醉曰："敢问军中有良医否？"操问："何用？"统曰："水军多疾，须用良医治之。"时操军因不服水土，俱生呕吐之疾，操正虑此事，忽闻统言，如何不问。统曰："丞相教练水军之法甚妙，但可惜不全。"操再三请问，统曰："某有一策，使大小水军，并无疾病，安稳成功。"操曰："请问妙策。"统曰："大江之中，潮生潮落，风浪不息。北军不惯乘舟，受此颠簸，故生疾病。若以大小船只，各皆配搭，或三十为一排，或五十为一排，首尾用铁连环锁，上铺阔板。休言人可渡，马亦可行矣。"操大喜，即时传令唤军中铁匠，连夜打造连环大钉，锁住船只。诸军闻之，俱各喜悦。统又谓操曰："江东豪杰，多有怨周瑜者。某凭三寸舌，说之来降。周瑜孤立无援，必为丞相所擒矣。"操深然之，统即拜别而行。

却说，周瑜一日到山顶上，看隔江战船。正看间，忽狂风大作，江中波涛拍岸，一阵风过，刮起旗角，于周瑜脸上拂过。瑜猛然想起一事在心，大叫一声，往后便倒，口吐鲜血，诸将急救归寨，却早不省人事。时吴臣鲁肃见周瑜卧病，心中忧闷，来见孔明，言周瑜猝病之事。孔明笑曰："公瑾之病，亮亦能医。"肃曰："诚如此，则国家万幸。"即请孔明同去看病。肃先入见周瑜，瑜以被蒙头而卧。肃曰："都督病势若何？"瑜曰："心腹觉痛，时复昏迷。"肃曰："适间去望孔明，言能医都督之病。现在帐外，请来医治，何如？"瑜命请入，教左右扶起，坐于床上。孔明曰："连日不晤，何期贵体不安？"瑜曰："人有旦夕祸福，岂能自保？"孔明笑曰："天有不测风云，人又岂能料乎？"瑜闻失色，乃作呻吟之声。孔明曰："都督心中，似觉烦积否？"瑜曰："然。"孔明曰："须用凉药以解之。"瑜曰："已服凉药，全然无效。"孔明曰："须先理其气，气若顺，则呼吸之间，自然痊愈。"瑜料孔明必知其意，乃以言挑之曰："欲得顺气，当服何药？"孔明笑曰："亮有一方，便教都督气顺。"瑜曰："愿即赐教。"孔明索纸笔，屏退左右，密书十六字曰："欲破曹公，宜用火攻。万事俱备，只欠东风。"写毕，递与周瑜曰："此都督病源也。"瑜见了，大惊，暗思孔明已知我心事，只索以实情告之，乃笑曰："先生已知我病源，将用何药治之？"孔明曰："亮虽不才，曾遇异人传授，可以呼风唤雨。都督若要东南风时，可于南屏山上建一台，名曰"七星坛"。高九尺，作三层，用一百二十人，执旗围绕。亮于台上作法，借三日三夜东南大风，助都督用兵，何如？"瑜曰："休道三日三夜，只一夜大风，大事可成。只是事在目前，不可迟缓。"孔明曰："十一月二十日甲子祭风，至二十二日丙寅风息，如何？"瑜闻言，大喜，蹶然而起，便传令差精壮军士前往筑坛，拨一百二十人执旗，听候使令。孔明于是辞别出帐，来到南屏山，相度地势，令军士取东南方赤土，依了方位，筑起坛来，于十一月二十日甲子吉辰，沐浴斋戒，身披道衣，跣足散发，来到坛前，焚香于炉，注水于盂，仰天暗祝，一日上坛三次，下坛三次。周瑜在寨中谓鲁肃曰："孔明之言谬矣，隆冬之时，焉得东南风乎？"肃曰："吾料孔明必不谬谈。"将近三更时分，忽听风声响，瑜出帐看时，旗脚竟飘西北，霎时间东南风大起。瑜且骇且喜，乃调遣诸将分守各路。随将蔡和杀了祭旗，便令开船，往赤壁进发。

却说，曹操得了黄盖密书，言周瑜差他护送粮船，今夜二更，好歹杀江东名将，献首来降。是时东风大作，波浪汹涌。操在中军，迎风大笑，自以为得志。忽一军指说，江南隐隐一簇帆幔，使风而来，皆插青龙牙旗，内中大旗上书先锋黄盖名字。操笑曰："公覆来降，此天助我也。"来船渐近，程昱谓操曰："吾看来船必诈，且休教近寨。"操曰："何以知之？"昱曰："粮在船中，船必稳重。今观来船，轻而且浮。更兼今夜东南风甚紧，倘有诈谋，何以当之。"操省悟，便令文聘前去止之。文聘跳下小船，随带十数只巡船，立于船头，大叫丞相钧旨，南船且休近寨。言未绝，弓弦响处，文聘被箭射中左肩，倒在船中。船上大乱，各自奔回。南船距操寨，只隔二里水面。黄盖用刀一招，前船一齐发火。火乘风威，风助火势。船如箭发，烟焰障天。二十只火船，撞入水寨。曹寨中船只，一时尽着，又被铁环锁住，无处逃避。隔江炮响，四下火船齐到。但见三江面上，火逐风飞，漫天彻地，一派通红。曹操回观岸上营寨，几处烟火。黄盖跳在小船上，背后数人驾舟，冒烟突火而来。曹见势急，方欲跳上岸。忽张辽驾一小脚船，扶操下得船时，那只大船，已自着了。张辽与十数人保护曹操飞奔口岸，黄盖见穿绛红袍者下船，料是曹操，乃催船速进。手提利刀，高声大叫："曹贼休走，黄盖在此。"操连声叫苦。张辽忙放一箭，将盖射退，救了曹操上岸。寻着马匹走时，军已大乱。斯时满江火滚，喊声震天，各路兵一齐杀来。正是三江水战，赤壁鏖兵。曹军着枪中箭，火焚水溺者，不计其数。且说甘宁将蔡中引入曹寨深处，砍于马下，就草上放起火来，吕蒙遥望中军火起，也放十数处火接应。潘璋、董袭分头放火呐喊，四下里鼓声大震。操与张辽引百余骑，径奔乌林，在火林内走，看前面无一处不着。正走间，背后一军赶到，大叫曹操休走，火光中现出吕蒙旗号。操催军马向前，留张辽断后，抵敌吕蒙。却见前面火把又起，从山谷中拥出一军，大叫凌统在此。曹操肝胆皆裂，忽斜刺里一彪军到，大叫丞相休慌，徐晃在此。彼此混战一场，往北而走。操此时指望合淝有兵救应，不想吴帝孙权在合淝路口。望见江中火光，知军中得胜，便教陆逊举火为号。太史慈见了，与逊合兵一处，冲杀前来。操只得往彝陵而走，路上撞见张郃，操令断后。纵马加鞭，走至五更，回望火光渐远。操心乃定，操见树木丛杂，山川险峻，乃于马上仰天大笑不止。诸将问曰："丞相何故大笑。"操曰："吾不笑别人，单笑周瑜无谋，诸葛亮少智。若是吾用兵之时，预先在这里伏下一军，如之奈何？"说犹未了，两边鼓声震响，火光冲天而起，惊得曹操几乎坠马。斜刺里一彪军杀出，大叫："我赵子龙，奉孔明军师将令在此，等候多时了！"操教徐晃、张郃双敌赵子龙，自己冒烟突火而去。是时天色微明，黑云罩地，东南风尚不息，忽然大雨倾盆，湿透衣甲。操与军士，冒雨而行，皆有饥色，操令往村落中劫掠粮食，寻觅火种。方欲造饭，后面一军赶到，操心甚慌。原来却是部将李典、许褚，操大喜。令军马往南彝陵大路而走，行至葫芦口，军皆饥馁，马亦困乏，多有倒于路者。操教前面暂歇，马上有带得锅的，也有村中掠得粮米的，便就山边干处，埋锅造饭，割马肉烧吃。尽皆脱去湿衣，于风头吹晒。马皆摘鞍野放，咽咬草根。操坐于树林之下，仰面大笑。众官问曰："适来丞相笑周瑜、诸葛亮，引惹出赵子龙来，折了许多人马。今何为又笑？"操曰："吾笑诸葛亮、周瑜，毕竟智谋不足。若是我用兵时，就这个去处，也埋伏一彪军马，我等纵然脱得性命，也不免重伤。"正说间，前军后军，一齐发喊。操大惊，弃甲上马。早见四下火烟，布满山口，一军摆开，为首乃燕人张飞横矛立马，大叫"操贼走那里去"。众将见了张飞，尽皆胆寒。许褚骑无鞍马，来战张飞。操先拨马走脱，随后众将，大半带伤而来。正行间，军士禀曰："前面有两条路，请问丞相从哪条路去？"操令人上山观望，回报小路山边，有数处烟起，大路并无动静。操乃教前军走华容道小路，诸将曰："烽烟起处，必有军马。"操曰："此乃诸葛亮故意使人于山僻烧烟，使我军不敢从这条山路走，他却伏兵在大路等着。吾料已定，偏不教中他计。"遂勒马而行。此时人皆饥倒，马尽困乏。焦头烂额者，扶策而行；中箭着枪者，勉强而走。衣甲透湿，个个不全，军器旗幡，纷乱不整，皆系彝陵道上，被赶得慌，只骑得秃马，鞍辔衣服，尽皆抛弃。正值隆冬之时，其苦何可胜言。行不到数里，操在马上扬鞭大笑，众将问丞相何又大笑。操曰："人皆言周瑜、诸葛亮足智多谋，以吾观之，到底是无能之辈。若使此处伏一旅之师，吾等皆束手受缚矣。"言未毕，一声炮响，两边五百校刀手摆开，为首大将关云长，提青龙刀，跨赤兔马，截住去路。操军见了，亡魂丧胆，面面相觑。程昱曰："云长信义素著，丞相旧日有恩于彼，何不亲自告之，以脱此难。"操从其说，即纵马向前，欠身谓云长曰："将军别来无恙？"云长亦欠身答曰："关某奉大哥刘玄德皇叔及诸葛孔明军师将令，等候丞相多时了。"操曰："兵败势危，到此无路，望将军以昔日之情为重。"云长曰："今日之事，岂敢以私废公。"操曰："五关斩将之时，还能记否。"云长是个义重如山之人，想起前事，如何不动心。又见曹军惶惶皆欲垂泪，益发心中不忍，于是把马头勒回，教众军四散摆开。这个分明是放曹操的意思，操便和众将一齐冲过去。行至谷口，天色已晚。忽然火把齐明，一簇人马拦路，操大惊曰："吾命休矣。"只见哨马冲到，却是手下将官曹仁，于是引众入南郡安歇。次日，始回许都。计曹操所带八十三万人马，及一切粮草军械，均被周瑜烧毁殆尽。此即所谓周郎火烧赤壁也。

战猇亭
国韵小小说

战猇亭

话说，蜀汉先主刘备，亲领御林军，直至猇亭，大会诸将，分军八路，水陆俱进，征伐东吴，为关公、张飞二弟报仇，时章武二年二月中旬也。东吴大将韩当、周泰，听知先主御驾来征，引兵出迎。先主遥指骂曰："汝等吴狗，伤朕手足，誓不与立于天地之间。"当回顾众将曰："谁敢冲突蜀兵？"部将夏恂挺枪出马，先主背后张苞，挺丈八矛，纵马而出，大喝一声，直取夏恂。恂见苞声若巨雷，心中惊惧，恰待要走。周泰弟周平，见恂抵敌不住，挥刀纵马而来。关兴见了，跃马提刀来迎。张苞大喝一声，一矛刺中夏恂，倒撞下马。周平大惊，措手不及，被关兴一刀斩了。二小将便取韩当、周泰。韩周二人，慌退入阵。先主视之，叹曰："虎父无犬子也。"用御鞭一指，蜀兵一齐掩过去，吴兵大败。那八路兵势若泉涌，杀得那吴军尸横遍野，血流成河。先主乘胜追杀，遂得猇亭。

却说先主当日得胜回营，收兵时，不见了关兴，慌令张苞等四面跟寻。原来关兴杀入吴阵，正遇仇人潘璋，骤马追之。璋大惊，奔入山谷中，不知所往。兴寻思只在山里，往来寻觅不见，看看天晚，迷踪失路。幸得星月有光，追至山僻之间，时已二更，到一庄上，下马叩门，一老者出问何人。兴曰："吾是战将，迷路到此，求一饭充饥。"老人引入。兴见堂内点着明烛，中堂绘画关公神像，兴大哭而拜。老人曰："将军何故哭拜？"兴曰："此吾父也。"老人闻言，即便下拜。兴曰："何故供养吾父？"老人曰："此间是尊神地方，在生之日，家家奉侍，况今日为神乎。老夫只望蜀兵早日报仇，今将军到此，百姓有福矣。"遂置食待之，卸鞍喂马。三更以后，忽门外有人击户。老人出而问之，乃吴将潘璋，亦来投宿。恰入草堂，关兴见了，按剑大喝曰："反贼休走！"璋回身便出，忽门外一人面如重枣，丹凤眼，卧蚕眉，飘三绺髯，绿袍金铠，按剑而入。璋见是关公显圣，大叫一声，神魂惊散。欲待转身，早被关兴手起剑落，斩首于地，取心沥血，就关公神像前祭祀。却将潘璋首级，系于马颈之下，辞了老人，就骑了潘璋的马，往本营而来。老人自将潘璋之死尸，拖出门外烧化。

关兴行无数里，忽听得人喊马嘶，一彪军来到，为首一将，乃潘璋部将马忠也。兴见马忠，又是害父仇人，怒气冲天，举青龙刀，望忠便砍。忠部下三百军，并刀上前，将关兴围在垓心，兴力孤势危。忽见西北角一彪军杀来，乃是张苞。马忠见救兵到来，引军自退，关兴、张苞，一同赶去。赶不数里。前面糜芳、傅士仁，引兵来寻马忠。两军相合，混战一场。苞、兴二人兵少，慌忙撤退，回至猇亭，来见先主，献上首级，具言此事，先主惊异。是日马忠回见韩当、周泰，收聚败军，各分头把守，忠引傅士仁、糜芳屯于江渚。当夜三更，军士皆哭声不止，糜芳暗听之。有一伙军言曰："我等皆是荆州之兵，被吕蒙诡计，送了主公性命。今刘皇叔御驾亲征，东吴早晚休矣。所恨者糜芳、傅士仁也，我等何不杀此二贼，去蜀营投降。"又一伙军言曰："不要性急，等个空儿，便就下手。"糜芳听毕，大惊。遂与傅士仁商议曰："军心变动，我二人性命难保。今蜀主所恨者马忠耳，可杀了他，将首级去投降。"士仁曰："不可，去必有祸。"芳曰："蜀主宽仁厚德。目今阿斗太子，是我外甥。彼但念国戚之诚，必不肯加害。"二人计较已定，先备了马。三更时分，入帐刺杀马忠，将首级割了。二人带数十骑，径投猇亭而来。

当夜伏路军士，先引糜、傅二人，见张南、冯习，具说其事。次日，到御营中，来见先主，献上马忠首级，哭拜于前曰："臣等实无反心，被吕蒙诡计，称是关公已死，赚开城门，臣等不得已而降。今闻圣驾前来，特杀此贼，以雪陛下之恨，伏乞恕罪。"先主大怒曰："朕自离成都许多时，你两个如何不来请罪？今日势危，故假巧言，欲全性命。若饶了你，九泉之下，有何面目见关公乎？"言讫，命关兴在御营中，设关公灵位。先主亲捧马忠首级，诣前祭祀。又令关兴将糜芳、傅士仁剥去衣服，跪于灵前，亲自用刀剐之，以祭关公。忽张苞上帐，哭拜于前曰："二伯父仇人，皆已诛戮。臣父冤仇，何日可报？"先主曰："贤侄勿忧，朕当削平江南，杀尽吴狗，务擒二贼，与汝亲自醢之，以祭汝父。"苞泣谢而退。

　　此时先主威声大振，江南之人，尽皆胆裂，日夜号哭。韩当、周泰大惊，急奏吴主，具言糜芳、傅士仁杀了马忠，去归蜀帝，亦被蜀帝杀了。孙权心怯，遂聚文武商议。步骘奏曰：“蜀主所恨者，乃吕蒙、潘璋、马忠、糜芳、傅士仁也。今此数人皆亡，独有范疆、张达二人，现在东吴。可擒此二人，并张飞首级，遣使送还，上表求和，则蜀兵自退矣。”权从其言，遂具沉香木匣，盛亡飞首。绑缚范疆、张达，囚于槛车之内。令程秉为使，赍国书，往猇亭而来。时先主正欲发兵前进，忽得此报，乃以手加额曰：“此天之所赐，亦由三弟之灵也。”即令张苞设飞灵位，先主见飞首级在匣中，放声大哭。张苞自仗利剑，将范疆、张达万剐凌迟，祭父之灵。祭毕，先主怒气不息，定要灭吴，欲斩吴使以绝吴情。多官苦告方免，程秉抱头鼠窜而去。

　　程秉回奏吴主，言蜀不从讲和，誓必灭吴，群臣苦谏不听，如之奈何。权大惊，举止失措。阚泽出班奏曰：“现有擎天之柱，如何不用耶？”权急问何人。泽曰：“现有陆伯言在荆州。此人名虽儒生，实有雄才大略。主上若能用之，破蜀必矣。”权曰：“非德润之言，孤几误大事。”张昭曰：“陆逊乃一书生耳，恐不可用。”顾雍亦曰：“陆逊年幼望轻，恐诸将不服。”步骘亦曰：“逊材只可治郡耳，托以大事，非其宜也。”泽大呼曰：“若不用陆伯言，则东吴休矣，臣愿以全家保之。”权曰：“孤亦素知陆伯言，乃奇才也。孤意已决，卿等勿言。”于是命召陆逊。逊本名议，后改名逊，字伯言，吴郡人也。身长八尺，面如美玉，官领镇西将军。当下奉召而至，参拜毕，权曰："今蜀兵临境，孤特命卿总督军马，以破刘备。"逊曰："江东文武，皆大王故旧之臣，臣年幼无才，安能制之？"权曰："阚泽以全家保卿，孤亦素知卿才，卿勿推辞。"逊曰："倘文武不服如何？"权取所佩剑与之曰："如有不听号令者，先斩后奏。"逊曰："荷蒙重托，敢不拜命？但乞大王来日聚会众官时，然后赐臣。"阚泽曰："古之命将，必筑坛会众，赐白旄黄钺、印绶兵符，然后威行令肃。今大王宜遵此礼，择日筑坛，拜伯言为大都督，假节钺，则众人自无不服矣。"权从之。

于是孙权命人连夜筑坛完备，大会百官。请陆逊登坛，拜为大都督，赐以宝剑印绶，令掌六郡八十一州，兼荆州诸路军马。吴王嘱之曰："阃以内孤制之，阃以外将军制之。"逊领命下坛，令徐盛、丁奉为护卫，即日出师，一面调遣诸路军马，水陆并进。文书到猇亭，韩当、周泰大惊曰："主上如何以一书生总兵耶？"比及逊至，众皆不服。逊升帐议事，众人勉强参贺。逊曰："军有常法，公等各宜遵守。违者王法无亲，勿致后悔。"众皆默然。周泰曰："目今安东将军孙桓，困于彝陵城中，请都督早施良策以救之。"逊曰："吾素知孙安东必能坚守，不必去救。"众皆暗笑而退。韩当谓周泰曰："命此孺子为将军，东吴休矣，公见彼所行乎？"泰曰："吾聊以言试之，并无一计，安能破蜀？"次日，陆逊传下号令，教诸将各守隘口，不许轻敌。众皆笑其懦，不肯坚守。次日，陆逊升帐唤诸将曰："吾迭次令汝等坚守，俱不遵令，何也？"韩当曰："吾自从孙将军平定江南，经数百战，其余诸将，亦皆披坚执锐、出生入死之士。今主上命公为大都督，早宜调拨军马，分头进征，以图大事。乃只令坚守勿战，岂欲待天自杀贼耶？"帐下诸将齐声而言曰："韩将军之言是也。"陆逊听毕，掣剑在手，厉声曰："仆虽一介书生，今蒙主上托以重任者，以吾有尺寸可取、能忍辱负重故也。汝等只各守隘口，不许妄动，如违令者皆斩。"众皆愤愤而退。

先主是时自猇亭布列军马，直至川口，接连七百里，前后四十营寨。忽细作报说："东吴用陆逊为大都督，总制军马。"先主得报，便传令进兵。马良曰："陆逊之才，不亚周郎，未可轻敌。"先主曰："朕用兵老矣，岂反不如一黄口孺子耶？"遂亲领前军，攻打诸处隘口。韩当见先主兵到，差人报知陆逊。逊恐韩当妄动，急飞马自来观看。当指曰："军中必有刘备，吾欲击之。"逊曰："刘备举兵东下，锐气甚盛。今驰骋于平原旷野之间，正自得志。我坚守不出，彼求战不得，必移屯于山林树木间，吾当以奇计胜之。"韩当口虽应诺，心中只是不服。先主使前队搦战，辱骂百端。逊令诸军塞耳休听，不许出迎。先主见吴军不出，心中焦躁。马良曰："陆逊深有谋略，彼坚守不出，欲待我兵之变也。"先主曰：“彼有何谋，但怯敌耳。”冯习奏曰：“即今天气炎热，军屯于赤火之中，取水深为不便。”先主遂令各营移于山林茂盛之地，近溪傍涧，待过夏到秋，并力进兵。马良曰：“吾兵若动，倘吴兵骤至，如之奈何？”先主曰：“朕令吴班引万余弱兵，近吴寨平地屯驻，朕亲选精兵八千，伏于山谷。若陆逊听知朕移营，必乘势来击，却令吴班诈败。逊若追来，朕引兵突出，断其归路，小子可擒矣。”诸将闻言，皆叹服。

是时诸葛亮在东川，点看各处隘口，以防魏兵。马良奏曰：“陛下何不将各营移居之地，画成图本，问于丞相？”先主曰：“朕亦颇知兵法，何必又问丞相。”良曰：“古云兼听则明，偏听则蔽，愿陛下察之。”先主曰：“卿可自去各寨，画成四址八道图本，亲到东川去问丞相。如有不当，急来报知。”良领命而去。于是先主移兵于林木阴密处避暑，韩当、周泰探知，急来报知陆逊。逊大喜，遂引兵来观动静。只见平地一屯，不满万余人，大半皆是老弱之众，大书先锋吴班旗号。周泰曰：“吾观此等兵如儿戏耳，愿同韩将军分两路击之。”逊以鞭指曰：“前面山谷中，隐隐有杀气起，其下必有伏兵，故于平地设此弱兵以诱我耳，切不可出。”众将听了，皆以为懦。次日，吴班引兵到关前搦战，耀武扬威，辱骂不绝，多有解衣卸甲，赤身裸体，或睡或坐。徐盛、丁奉入帐禀曰：“蜀兵欺我太甚，某等愿出击之。”逊笑曰：“此诱敌之计也。三日后，必见其诈矣。”徐盛曰：“三日后，彼移营已定，安能击之。”逊曰：“吾正欲令彼移营也。”诸将哂笑而退。

过三日后，陆逊会诸将于关上观望，见吴班兵已退去，逊指曰：“杀气起矣，刘备必从山谷中出也。”言未毕，只见蜀兵皆全装贯束，拥先主而过。吴兵见了，尽皆胆裂。逊曰："吾之不听诸公击班者，正为此也。”诸将问曰：“今蜀兵已出，破蜀当在何时？”逊曰：“刘备足智多谋，其兵始集，法度精专。今守久不得我便，兵疲意阻，取之正在今日。”诸将方才叹服。且说马良至川，入见孔明，呈上图本。孔明看毕，拍案叫苦曰：“是何人教主上如此下寨，可斩此人。”良曰："皆主上自为，非他人之谋。”孔明叹息不已，良问其故，孔明曰：“包原隰险阻而结营，此兵家之大忌。倘彼用火攻，何以解救？又岂有连营七百里而可拒敌乎？陆逊拒守不出，正为此也。汝当速去见天子，改屯诸营。”良曰："倘今吴兵已胜，如之奈何？”孔明曰：“吾料陆逊不敢来追。主上若有失，当投白帝城避之。”良乃领了表章，火速投御营来。

陆逊见蜀兵懈怠，乃唤阶下末将淳于丹曰："吾与汝五千军，去取江南第四营，蜀将傅彤所守，今晚就要成功。”丹引兵去了。又唤徐盛丁奉曰：“汝等各领兵三千，屯于寨外五里。如淳于丹败回，当出救之，却不可追去。”二将各领军去了。黄昏时分，淳于丹领兵前进，到蜀寨时，已是三更之后。丹令众军鼓噪而入，蜀营内傅彤引军杀出，挺枪直取淳于丹，丹抵敌不住，拨马便回。忽然喊声大震，大将赵融带了一彪军拦住去路，丹夺路而走，折兵大半。背后蜀兵又分路赶来，比及离营五里。徐盛、丁奉杀出，蜀兵退去，救了淳于丹回营。丹带箭入见陆逊请罪，逊曰："非汝之过也，吾欲试敌人之虚实耳。破蜀之计，吾已定矣。"徐盛、丁奉曰："蜀兵势大，难以破之。"逊笑曰："吾这条计，但瞒不过诸葛亮耳。天幸斯人不在，使吾成大功也。"遂集大小将士听令，使朱然于水路进兵。来日午后，东南风大作，用船装载茅草，依计而行。韩当一军攻江北岸，周泰一军攻江南岸，每人手执茅草一把，内藏硫黄焰硝，各带火种，各执枪刀，一齐而上。但到蜀营顺风举火，蜀兵四十屯，只烧二十屯。每间一屯，烧一屯。各带干粮，不许暂退。众将各受计而去。

先主正在御营，寻思破吴之计。忽军士来报，山上远远望见吴兵，尽沿山往东去了。先主乃命关兴、张苞，各领五百军出巡。黄昏时分，关兴回奏曰："江北营中火起。"先主急令关兴往江北，张苞往江南，探看虚实，二将领命去了。初更时分，东南风骤起，只见御营左屯火起。方欲救时，御营右屯又火起。风紧火急，树木皆着。喊声大震，两屯军马齐出，奔入御营中。御营军自相践踏，死者不知其数。后面吴兵杀到，又不知多少军马。先主急上马奔冯习营时，习营中火光连天而起。江南江北，照耀如同白昼。冯习慌上马，引数十骑而走，正逢吴将徐盛军到，敌住厮杀。先主见了，拨马投西而走。徐盛舍了冯习，引兵追来。前面又一军拦住，乃是吴将丁奉，两下夹攻。先主大惊，四面无路。忽然喊声大震，一彪军杀入重围，乃是张苞，救出先主。正行之间，前面一军又到，乃蜀将傅彤，合兵一处而行。背后吴兵追至，先主前到一山，名马鞍山。张苞、傅彤请先主上得山时，山下喊声又起。陆逊大队人马，将马鞍山围住。张苞、傅彤死据山口，先主遥望，遍野火光不绝，死尸重叠，塞江而下。次日，吴兵又四下放火烧山，军士乱窜。先主惊慌，忽然火光中一将，引数十骑杀上来，视之，乃关兴也。兴伏地请曰："火光逼近，不可久停，愿陛下速行。"先主曰："谁敢断后？"傅彤曰："臣愿以死当之。"于是关兴在前，张苞在中，傅彤断后，保着先主，于黄昏时分，杀下山来。

吴军见先主奔走，皆要争功，各引大军，遮天盖地，往西追赶。先主令军士尽脱袍铠，塞道而焚，以断后军。欲奔走间，喊声大震，吴将朱然，引一军从江岸边杀来，截住去路。先主叫曰："朕死于此矣。"关兴、张苞，纵马冲突，被乱箭射回，各带重伤，不能杀出。背后喊声又起，陆逊引大兵，从山谷中杀来。先主正慌急之间，此时天色已微明，只见前面喊声震天，朱然军纷纷落涧，滚滚投崖，一彪军杀入前来救驾。先主大喜，视之，乃常山赵子龙也。时赵云在川中江州，闻吴蜀交兵，遂引军出。忽见东南一带火光冲天，云心惊，远远探视，始知先主被困，云奋勇冲杀而来。陆逊闻是赵云，急令退军。云正杀之间，忽遇朱然，便与交锋，不一合，刺朱然于马下，杀散吴军，救出先主，入白帝城歇息。傅彤断后，被吴军八面围住，力战而死。张南、冯习，均死于敌军之中。吴班杀出重围，又遇吴兵追赶，幸赵云回兵接着，救回白帝城。时孙夫人在吴，闻猇亭兵败，讹传先主死于军中，遂驱车至江边，往西遥哭，投江而死。后人立庙江滨，号为枭姬祠。马良至白帝城，闻猇亭已失，大军已败，懊悔不及，将孔明之言，奏知先主，先主叹曰："朕早听丞相之言，不致今日之败，有何面目复回成都见群臣乎？"遂传旨就白帝城驻扎，将馆驿改为永安宫。

　　先主因桃园结义，誓同生死，遂亲领大军，为关、张二弟复仇。虽连营失策，卒至不振，而情谊之笃，殊足使人感泣。彼后世以手足之亲，往往视同陌路者，读此篇能无愧死乎？

七擒孟获
国韵小小说

七擒孟获

话说，蜀汉后主建兴三年，益州飞报蛮王孟获大起蛮兵十万，犯境侵掠，其势甚急。丞相诸葛孔明闻报，当即入朝奏闻后主，率领川将数十员，共起川兵五十万，即日辞了后主，离去成都，向益州进发。到了永昌，太守王伉出城迎接，孔明入城驻扎，问曰："谁与公保守此城，得保无虞？"伉曰："全赖参谋吕凯。"孔明立即召吕凯入见，礼毕，孔明曰："公乃永昌高士，多亏公保守此城。今欲平蛮方，公有何高见？"吕凯遂取一图呈与孔明曰："某自出仕以来，知南人欲反久矣。故密遣人入其境内，察看可以屯兵交战之处，画成一图，名曰《平蛮指掌图》。今敢献与明公，明公试观之，可为征蛮之一助也。"孔明大喜，就用吕凯为行军教授兼向导官，提兵进发，深入南蛮之境。正行间，忽报马谡至，奉主上敕命，赐众军酒帛。孔明接诏已毕，依命一一给散，遂令马谡为参军，仍统大兵前进。

那蛮王孟获，听知消息，遂聚三洞元帅，分三路前来迎敌。孔明哨马探知，随即回报，孔明即遣赵云、张嶷、张翼、魏延等，分路接战，当日赵云杀入中军，正逢第一洞金环三结元帅，交马只一合，被云一枪刺落马下，就枭其首级。于是云与张嶷、张翼数路夹攻，冲杀一阵，蛮兵大败，生擒者无数。孟获只与数十骑奔入山谷之中，背后追兵至近，前面路狭，马不能行，乃弃了马匹，翻山越岭而逃。忽然山谷中一声鼓响，乃是魏延，受了孔明计策，引军伏于此处。孟获抵敌不住，被魏延生擒活捉了。孔明坐于帐上，只见蛮兵纷纷扰扰，解到无数。孔明唤到帐中，尽去其缚，抚谕曰："汝等皆是好百姓，不幸被孟获所拘。今受了惊吓，汝等父母兄弟妻子，定然挂肚牵肠，眼中流血。吾今尽放汝等回去，以安各人父母兄弟妻子之心。"言讫，各赐酒食米粮而遣之。蛮兵深感其恩，泣拜而去。孔明乃唤武士押过孟获来跪于帐下，问曰："汝何敢背反？"获曰："吾世居此处，何为反耶？"孔明曰："吾今擒汝，汝心服否？"获曰："山僻路狭，误遭汝手，如何肯服？"孔明曰："汝既不服，吾放汝去若何？"获曰："汝放我回去，再整军马，共决雌雄。若能再擒，吾方服也。"孔明即去其缚，与衣服穿了，赐以酒食与鞍马，差人送出。获乃往本寨而去，当日孟获行至泸水，正遇手下败残的蛮兵，皆来寻探。见了孟获，且惊且喜，拜问曰："大王如何能够回来？"获曰："蜀人监我在帐中，被我杀死数十人，乘黑夜而走。正行间，逢着一哨马军，亦被我杀了，夺了此马，因此得脱。"众皆大喜，拥孟获渡了泸水，下住寨栅。获传令曰："吾已知诸葛亮之计矣，不可与战，战则中他诡计。彼川兵远来劳苦，况即日天炎，彼兵岂能久住？吾等有此泸水之险，将船筏尽拘在南岸一带，皆筑土城，深沟高垒，看他如何施谋。"众酋长从其计。

却说，孔明前军已至泸水哨马飞报，说泸水之内，并无船筏，又兼水势甚急。隔岸一带，筑起土城，皆有蛮兵把守。时值五月，天气炎热，南方乃不毛之地，分外炎酷。军马衣甲，皆穿不得。孔明自至泸水边看毕，回到本寨，传令曰："今孟获屯泸水之南，以拒我兵。吾既提兵至此，如何空回？汝等各引兵依山傍树，拣林木茂盛之处，与我休息人马。"乃遣吕凯离泸水百里，拣荫凉之地，分作二个寨子。使王平、张嶷、张翼、关索，各守一寨，内外皆搭草棚，遮盖马匹将士，以避暑气。忽报蜀中马岱解暑药并粮米到，孔明令入，岱参拜毕，随将米药分派各寨。孔明谓马岱曰："今孟获据住泸水，无路可渡。吾欲令汝引军断其粮道，令彼军自乱。"岱曰："如何断得？"孔明曰："离此一百五十里，泸水下流沙口，水性甚慢，可以扎筏而渡。汝提本部三千军渡水，直入蛮洞，先断其粮，不可有误。"岱欣然受命而去。

是日，马岱领兵前到沙口，驱兵渡水，因见水浅，大半不下筏，只裸衣而过，半渡皆倒，急救傍岸，口鼻出血而死。马岱大惊，连忙回报孔明。孔明唤向导土人问之，土人曰："目今炎天，毒聚泸水。日间甚热，毒气正发。有人渡水，必中其毒。或饮此水，其人必死。若要渡时，须待夜静水冷，毒气不起，饱食渡之，方可无事。"孔明遂令土人引路，又选精壮军士数百，随着马岱，来到泸水沙口，扎起木筏，半夜渡水，果然无事。岱领着两千壮军，令土人引路，径取蛮洞运粮总路口夹山谷而来。那夹山谷两下是山，中间一条路，只容一人一马可过。马岱占了夹山谷，分拨军士，立起寨栅。洞蛮不知，正解粮到，被岱前后截住，夺粮百余车。蛮人报知孟获大寨中，此时孟获在寨中，终日饮酒取乐，不以为意。自是孔明吩咐诸将，驱兵大进，杀死蛮兵无算。第二洞董荼那元帅、第三洞阿会喃元帅，却被孟获自己一并杀了。秃龙洞主朵思大王、八纳洞主木鹿大王，又皆死于乱军之中。孟获巢穴尽失，接连被孔明擒了六次。孟获只是不服，孔明又放他回寨。

原来那蛮王孟获，世居银坑洞，洞外有三江城，正南又有梁都洞，洞中有山，环抱其洞，山中置宫殿楼台，以为蛮王巢穴。孟获居此，自以为万全之策，坦然无忧，哪知却尽为孔明所夺。孟获乃与妻弟带来洞主商议曰："吾今洞府，已被蜀兵所占，今投何处安身？"带来洞主曰："只有一国可以破蜀。"获喜曰："何处可去？"带来洞主曰："此去东南七百里，有一国，名为乌戈国。国王兀突骨，身长二丈，不食五谷，以生蛇恶兽为饭，身有鳞甲，刀箭不能侵。其手下军士，俱穿藤甲。其藤生于山涧之中，盘于石壁之内，国人采取，浸于油中，半年方取出晒之，晒干复浸，凡十余遍，却才造成铠甲。穿在身上，渡江不沉，经水不湿，刀箭皆不能入，因此号为藤甲军。今大王可往求之，若得彼相助，擒诸葛亮如利刀破竹也。"

　　于是孟获大喜，遂投乌戈国，来见兀突骨。其洞无舍宇，皆居土宇之内。孟获入洞再拜，哀告前事。兀突骨曰："吾起本洞之兵，与汝报仇。"获欣然拜谢。兀突骨即唤两个领兵俘长，一名土安，一名奚泥，起兵三万，皆穿藤甲，离乌戈国，往东北而来。行至一江，名桃花水，两岸有桃树，历年落叶于水中，若别国人饮之尽死，惟乌戈国人饮之，倍添精神。兀突骨兵至桃花渡口下寨，以待蜀兵。一日，孔明令蛮人哨探孟获消息，回报曰："孟获请乌戈国主，引三万藤甲军，现屯于桃花渡口。孟获又在各番聚集蛮兵，并力拒战。"孔明听说，提了大兵直至桃花渡口。隔岸望见蛮兵，不类人形，甚是丑恶。又闻土人说，日内桃花正落，水不可饮。孔明退五里下寨，留魏延守寨。次日，乌戈国主引一彪藤甲军过河来，金鼓大震。魏延引兵出迎，蛮兵卷地而至。蜀兵以箭射到藤甲之上，皆不能透，俱落于地。刀砍枪刺，亦不能入。蛮兵皆使利刀钢叉，蜀兵抵挡不住，尽皆败走。蛮兵不赶而退，魏延复回。赶到桃花渡口，只见蛮兵带甲渡水而去。内有困乏者，将甲脱下，放在水面，以身坐其上而渡，如同船筏一样。

　　魏延看了，急回大寨，来禀孔明，细言其事。孔明请吕凯并土人问之，凯曰："某素闻南蛮中有一乌戈国，无人伦者也。更有藤甲护身，急切难伤。又有桃叶恶水，本国人饮之，反添精神，别国人饮之，即死。如此蛮方，纵使全胜，有何益处，不如班师早回。”孔明笑曰：“吾非容易到此，岂可便去？吾明日自有平蛮之策。”于是令赵云、魏延守寨，且休轻出。次日，孔明令土人引路，自乘小车，到桃花河口北岸山僻地方，遍观地理。山险岭峻，车不能行，孔明弃车步行。忽然望见一谷，形如长蛇，皆危峭石壁，并无树木，中间一条大路。孔明问土人曰：“此谷何名？”土人答曰：“此处名为盘蛇谷，出谷即三江城大路。”孔明大喜曰：“此天赐我成功于此也。”遂回旧路，上车归寨。

孔明回到寨中，唤马岱吩咐曰：“与汝黑油柜车十辆，须用竹竿千条。柜内之物，如此如此。可领本部军去，把住盘蛇谷两头，依法而行。与汝半月限，一切完备。”马岱受计而去，又唤赵云吩咐曰：“汝去盘蛇谷后，三江大路口，如此把守。所用之物，克日完备。”赵云受计而去，又唤魏延吩咐曰：“汝可引本部兵去桃花渡口下寨，如蛮兵渡水来敌，汝便弃了寨，往白旗处而走。限半个月内，须要连输十五阵，弃七个寨栅，若输十四阵，也休来见我。”魏延领命，心中不乐，怏怏而去。孔明又唤张翼另引一军，依所指之处，筑立寨栅去了。却令张嶷、马忠，引投降蛮兵千人，如此行之。各人都依计而去。

却说，孟获与乌戈国主兀突骨曰：“诸葛亮多有巧计，只是埋伏。今后交战，吩咐三军，但见山谷之中，林木多处，切不可进。”兀突骨曰：“大王说得有理，今后依此言行之。吾在前面厮杀，汝在背后教导。"两人商量已定。忽报蜀兵在桃花渡口北岸立寨，兀突骨即差二俘长，引藤甲军渡河，来与蜀兵交战，不数合，魏延败走。蛮兵恐有埋伏，不赶自回。次日，魏延又去立了营寨。蛮兵哨得，又有众兵渡过河来战。延出迎之，不数合，延败走。蛮兵追杀十余里，见四下并无动静，便在蜀寨中屯住。次日，二俘长请兀突骨到寨，说知此事。兀突骨即引兵大进，将魏延追一阵，蜀兵皆弃甲抛戈而走。只见前有白旗，延引兵急奔白旗处，早有一寨，就寨中屯住。兀突骨驱兵追至，魏延引兵弃寨而走，蛮兵得了蜀寨。次日，又往前追杀，魏延回兵交战，不三合，又败，只看白旗处走，又有一寨，延就寨屯住。次日，蛮兵又至。延略战又走，蛮兵占了蜀寨。魏延且战且走，已败十五阵，连弃七个营寨。蛮兵大进追杀，兀突骨自在军前破敌，于路上但见林木茂盛之处，便不敢进。却使人远望，果见树荫之中。旌旗招展，隐隐有伏兵。兀突骨谓孟获曰："果不出大王所料。"孟获大笑曰："诸葛亮今番被吾识破，大王连日胜他十五阵，夺了七个营寨，蜀兵望风而走，诸葛亮已是计穷。只此一进，大事定矣。"兀突骨大喜，遂不以蜀兵为念。到了第十六日，魏延引败残兵来与藤甲军对敌。兀突骨骑象当先，两肋下露出生鳞甲，眼目中微有光芒，手指魏延大骂。延拨马便走，后面蛮兵大进，魏延引兵转过了盘蛇谷，往白旗而走。兀突骨引众兵随后赶来，望见山上并无草木，料无埋伏，放心追杀。赶到谷中，见数十辆黑油柜车在挡路。蛮兵报曰："此是蜀兵运粮道路，因大王兵至，抛下粮车而走。"兀突骨大喜，催兵追赶。将出谷口，不见蜀兵。只见横木乱石滚下，叠断谷口。兀突骨令兵开路而进，忽见前面大小车辆，装载干柴，尽皆火起。兀突骨忙叫退兵，只闻后军发喊，报说谷中已被干柴叠断。车中原来皆是火药，一齐烧着。兀突骨见无草木，心尚不慌，令寻路而走。只见山上两边，乱丢火把，火把到处，地中药线燃着，就地发起铁炮。满谷中火光乱舞，但逢藤甲，无有不着，将兀突骨并三万藤甲军，烧得互相拥抱，一齐死于盘蛇谷中。孔明在山上往下看时，只见蛮兵被火烧的，伸拳舒腿；被铁炮打的，头脸粉碎——皆死于谷中，臭不可闻。孔明垂泪而叹曰："吾虽有功于社稷，必损寿矣。"左右将士，无不感叹。

是时，孟获在寨中，正望蛮兵回报。忽然千余人笑拜于寨前，言说："乌戈国兵与蜀兵大战，将诸葛亮围在盘蛇谷中了，特请大王前去接应。我等皆是本洞之人，不得已而降蜀。今知大王前到，特来助战。"孟获大喜，即引宗党并所众番人，连夜上马，就令孟兵引路。方到盘蛇谷时，只见火光甚大，臭味难闻，获知中计。急退兵时，左边张嶷，右边马忠，两路军杀出。获方欲抵敌，一声喊起，蛮兵中大半皆是蜀兵，将蛮王宗党，并聚集的番人，尽皆擒了。孟获匹马杀出重围，往山径而走。正走之间，见山坳里一簇人马，拥出一辆小车，车中端坐一人，纶巾羽扇，身衣道袍，乃孔明也。孔明大喝曰："反贼孟获，今番如何？"获急回马走，旁边闪过一将，拦住去路，乃是马岱。孟获措手不及，被马岱生擒活捉了。此时王平、张嶷，已引一军赶至蛮寨，将孟获弟孟优，并获妻祝融夫人，及一应老小，皆活捉而来。孔明归到寨中，升帐而坐，谓众将曰："吾今此计，不得已而用之，大损阴德。吾闻利于水者，必不利于火。藤甲虽刀箭不能入，然油浸之物，见火必着。蛮兵如此顽皮，非火安能取胜。使乌戈国之人，不留种类者，是吾之大罪也。"众将拜伏曰："丞相天机，鬼神莫测也。"

孔明乃令武士押过孟获来。获至，跪于帐下。孔明命去其缚，叫且在别帐，与酒食压惊，又唤管酒食官，至坐榻前，如此如此，吩咐而去。却说，孟获与祝融夫人，并孟优、带来洞主，一切宗党，在别帐饮酒。忽一人入帐，谓孟获曰："丞相面羞，不欲与公相见。特令我来，放公回去，再招人马来决胜负，公今可速去。"孟获垂泪言曰："七擒七纵，自古未尝有也。吾虽化外之人，颇知礼义，直如此无羞耻乎？"遂同兄弟妻子宗党人等，皆匍匐跪于帐下，肉袒谢罪曰："丞相天威，南人不复反矣。"孔明曰："公今服乎？"获泣谢曰："某子子孙孙，皆感复载生成之恩，安得不服？"孔明乃请孟获上帐，设宴庆贺，就令永为洞主。所夺之地，尽皆退还。孟获宗党及诸蛮兵，无不感戴，皆欣欣然跳跃而去。于是南方皆感孔明恩德，乃为孔明立生祠，四时享祭，皆呼之为慈父，各送珍珠金宝，丹漆药材，耕牛战马，以资军用，誓不再反，南方大定。

孔明犒军已毕，班师回蜀。孟获率引大小洞主酋长，及诸部落，罗拜相送。前军至泸水，时值九月。深秋，忽然阴云布合，狂风骤起，兵不能渡，回报孔明。孔明遂问孟获，获曰："此水原有猖神作祸，往来者必须祭之。"孔明曰："用何物祭之？"获曰："旧时用七七四十九颗人头，并黑牛白马祭之，自然风恬浪静。"孔明曰："吾今事已平定，安可妄杀一人。"遂自到泸水岸边观看，果见阴风大起，波涛汹涌，人马皆惊。孔明甚疑，即寻土人问之，土人告说："自丞相经过之后，夜夜只闻得水边鬼哭神嚎，自黄昏直至天晓，哭声不绝。瘴烟之内，阴鬼无数，因此作祸，无人敢渡。"孔明曰："此乃我之罪愆也。前者马岱引蜀兵千余，皆死于水中。更兼杀死南人，尽弃此处。狂魂怨鬼，不能解释，以致如此。吾今晚当亲自往祭。"土人曰："须依旧例，杀四十九颗人头为祭，则怨鬼自散也。"孔明曰："本为人死而成怨，岂可又杀生人耶？吾自有主意。"唤行厨宰杀牛马，和面为剂，塑成人头，内以牛羊等肉代之，名曰馒头。当夜于泸水岸上，设香案，铺祭物，列灯四十九盏，扬幡招魂，将馒头等物，陈设于地。三更时分，孔明金冠鹤氅，亲自临祭。令董厥读祭文，读毕，孔明放声大哭，极其痛切，三军无不下泪，孟获等众，尽皆哭泣。只见愁云怨雾之中，隐隐有数千鬼魂，皆随风而散。于是孔明令左右，将祭物弃于泸水之中。次日，孔明引大军俱到泸水南岸，但见云收雾散，风静浪平。蜀兵先后渡过泸水，果然鞭敲金镫响，人唱凯歌还。行到永昌，孔明留王伉、吕凯守四郡。吩咐孟获领众自回，嘱其勤政驭下，善抚居民，勿失农务。孟获等涕泣拜别而去，孔明自引大兵回成都。孟子曰："以德服人者王，以力服人者霸。"观孔明之于孟获，七擒七纵，卒使其中心诚服，永不复反，盖能深得以德服人之道者矣。

火烧葫芦谷

国韵小小说

火烧葫芦谷

话说，蜀汉丞相诸葛孔明在祁山寨中，正与诸将商议进兵，忽报有魏将来投降。孔明唤入问之，答曰："某乃魏国偏将军郑文也，近与秦朗同领人马，听司马懿调用。不料懿徇私偏向，加秦朗为前将军，而视文如草芥。因此不平，特来投降丞相，愿赐收录。"言未已，人报秦朗在寨外，单搦郑文交战。孔明曰："此人武艺，比汝若何？"郑文曰："某当立斩之。"孔明曰："汝若先斩秦朗，吾方不疑。"郑文欣然上马出营，与秦朗交锋，孔明亲自出寨视之，只见秦朗挺枪大骂曰："反贼盗我战马来此，可早早还我。"言讫，直取郑文。文拍马舞刀相迎，只一合，斩秦朗于马下，魏军各自逃走。郑文提首级入营，孔明回到帐中，坐定，唤郑文至，勃然大怒，叱左右推出斩之。郑文曰："小将无罪。"孔明曰："吾向识秦朗，汝今斩者，并非秦朗，安敢欺我？"文拜告曰："此实秦朗之弟秦明也。"孔明笑曰："司马懿令汝来诈降，于中取事，却如何瞒得过我。若不实说，必然斩汝。"郑文只得诉告其实是诈降，泣求免死。孔明曰："汝欲求生，可修书一封，教司马懿自来劫营，吾便饶汝性命。"郑文只得写了一书，呈与孔明，孔明令将郑文监下。

当日樊建问曰："丞相何以知此人诈降？"孔明曰："司马懿不轻用人。若加秦朗为前将军，必武艺高强。今与郑文交马，只一合，便为文所杀，必不是秦朗也，以故知其诈。"众皆拜服。孔明选一舌辩军士，附耳吩咐如此如此。军士领命，持书径来魏寨，求见司马懿。懿唤入，拆书看毕，问曰："汝何人也?"答曰："某乃中原人，流落蜀中，郑文与某同乡。今孔明因郑文有功，用为先锋，郑文特托某来献书。约于明日晚间，举火为号，望都督亲提大军前来劫寨，郑文在内为应。"懿反复诘问，又将来书仔细检看，果然是郑文亲笔。即赐军士酒食，吩咐曰："本日二更为期，我自来劫寨。大事若成，必重用汝。"军士拜别，回到本寨，告知孔明。孔明仗剑步罡，祷祝已毕，唤王平、张嶷、马忠、马岱、魏延至，各自密言吩咐，乃自引数十人，坐于高山之上，指挥众军。

　　却说，司马懿见了郑文之书，便欲引二子提大军来劫蜀寨。长子司马师谏曰："父亲何故据片纸而亲入重地? 倘有疏虞，如之奈何? 不如令别将先去，父亲为后应可也。"懿从之，遂令秦朗引一万兵去劫蜀寨，懿自引兵接应。是夜初更，风清月朗。将及二更时分，忽然阴云四合，黑气漫空，对面不见。懿大喜曰："天使我成功也。"于是人尽衔枚，马皆勒口，长驱大进。秦朗当先，引一万兵直杀入蜀寨中，并不见一人。朗知中计，忙教退兵。四下火把齐明，喊声震地。左有王平、张嶷，右有马岱、马忠。两路兵杀来，秦朗死战，不能得出。背后司马懿，见蜀寨中火光冲天，喊声不绝，又不知魏兵胜负，只顾催兵接应。火光中忽一声喊起，鼓角喧天，火炮震地。左有魏延，右有姜维，两路杀出。魏兵大败，四散逃奔。秦朗所引一万兵，都被蜀兵围住，箭如飞蝗，秦朗死于乱军之中，司马懿引败兵奔入本寨。三更以后，天复清朗，孔明在山头上，鸣金收军。原来二更时阴云密布，乃孔明用遁甲之法。后收兵已了，天复清朗，乃孔明驱六丁六甲，扫荡浮云也。当下孔明得胜回寨，命将郑文斩了。

孔明于是欲取渭南，每日令兵搦战，魏兵只不出迎。乃自乘小车，来祁山前渭水东西，踏看地理。忽到一谷口，见其形如葫芦之状，内中可容千余人，两山又合，一谷可容四五百人，背后两山环抱，只可通一人一骑。孔明看了，心中大喜，问向导官曰："此处是何地名?"答曰："此名上方谷，又号葫芦谷。"孔明回到帐中，唤裨将杜叡、胡忠二人，附耳授一密计。令唤集随军匠作一千余人，入葫芦谷中，制造木牛流马应用。又令马岱领五百兵守住谷口，孔明嘱马岱曰："匠作人等，不许放出，外人不许放入。吾还不时自来点视，捉司马懿之计，只在此举，切不可走漏消息。"岱受命而去。杜叡、胡忠二人在谷中监督匠作，依法制造，孔明每日往来指示。忽一日长史杨仪入告曰："即今粮草，皆在剑阁，人夫牛马，搬运不便，如之奈何?"孔明笑曰："吾已运谋多时也。前者所积木料，并西川收买下的大木，教人制造木牛流马。搬运粮米，甚是便利。牛马皆不水食，可以搬运，昼夜不绝。"众皆惊曰："自古及今，未闻有木牛流马之事。不知丞相有何妙法，造此奇物？"孔明曰："吾已令人依法制造，尚未完备。吾今将制造之法，尺寸方圆长短广狭，开写明白，汝等视之。"众大喜。孔明即手书一纸，付众观看。众将看了一遍，皆拜服曰："丞相真神人也。"过了数日，木牛流马皆造完备，宛然如活的一般，上山下岭，各尽其便。众军见之，无不喜悦。孔明令右将军高翔引一千兵，驾着木牛流马，自剑阁直抵祁山大寨，往来搬运粮草，供给蜀兵之用。

司马懿在寨中，正忧闷间，忽哨马报说，蜀兵用木牛流马，转运粮草，人不大劳，牛马不食。懿大惊曰："吾所以坚守不出者，为彼粮草不能接济，欲待其自毙耳。今用此法，必为久远之计，不思退矣，如之奈何。"急唤张虎、乐𬘩二人吩咐曰："汝二人各引五百军，从斜谷小路抄出，待蜀兵驱过木牛流马，任他过尽，一齐杀出，不可多抢，只抢三五匹便回。"二人依令，引五百军扮作蜀兵，夜间偷过小路，伏在谷中。果见高翔引兵驱木牛流马而来，将次过尽，两边一齐鼓噪杀出。蜀兵措手不及，弃下数匹，张虎、乐𬘩欢喜驱回本寨。司马懿看了，果然进退如活的一般，乃大喜曰："汝会用此法，难道我不会用？"便令巧匠百余人，当面拆开，依其制法，一样制造木牛流马。不消半月，造成二千余只，亦能奔走。遂令镇远将军岑威引一千军，驱驾木牛流马，去陇西搬运粮草，往来不绝。魏营军将，无不欢喜。

　　高翔回见孔明，说魏兵抢夺木牛流马各五六匹去了。孔明笑曰：“我正要他抢去，我只费了几匹木牛流马，却不久便得军中许多资助。”诸将问曰：“丞相何以知之。”孔明曰：“司马懿见了，必然仿我法度，一样制造，那时我又有计策。”数日后，人报魏兵也曾造木牛流马，往陇西搬运粮草。孔明大喜，便唤王平吩咐曰：“汝引一千兵扮作魏人，星夜偷过北原，只说是巡粮军，混入彼运粮军中，将护粮之人，尽皆杀散，却驱木牛流马，径奔北原来。此处必有魏兵追赶，汝便将木牛流马口内舌头扭转，牛马就不能行动，汝等竟弃之而走。背后魏兵赶到，牵拽不动，扛抬不去。吾再有兵到，汝却回身，再将牛马舌扭过来，长驱大行，魏兵必疑为怪也。”王平受计，引兵而去。孔明又唤张嶷吩咐曰：“汝引五百军，都扮作六丁六甲神兵，鬼头兽身，用五彩涂面，装作种种怪异之状，一手执绣旗，一手仗宝剑，身挂葫芦，内装烟火之物，伏于山旁。待木牛流马到时，放起烟火，一齐拥出，驱牛马而行。魏人见之，必疑是神鬼，不敢来追赶。”嶷受计领兵而去。孔明又唤魏延、姜维吩咐曰：“汝二人同引一万兵，去北原寨口接应。”又唤廖化、张翼吩咐曰：“汝二人引五千兵去，断司马懿来路。”又唤马忠、马岱吩咐曰：“汝二人引二千兵，去渭南搦战。”六人各自遵令而去。

　　魏将岑威引军驱木牛流马，装载粮米，正行之间，忽报前面有兵巡粮。威令人哨探，果是魏兵，遂放心前进，两军合在一处。忽然喊声大震，蜀兵从本队里杀起，大呼"蜀中大将王平在此"。魏兵措手不及，被蜀兵杀死大半。岑威引败兵抵敌，被王平一刀斩了，余皆溃散，王平引兵尽驱木牛流马而回。败兵飞奔，报入北原寨内，郭淮闻军粮被劫，急忙引军来救。王平令兵扭转木牛流马舌头，俱弃于道中，且战且走。郭淮教且莫追，只驱回木牛流马。众军一齐驱赶，却没有一匹驱得动。淮心中疑惑，正无奈何，忽鼓角喧天，喊声四起，两路兵杀来，乃魏延、姜维也。王平复引兵杀回，三路夹攻，郭淮大败而走。王平乃令军士将牛马舌头，重复扭转，驱赶而行。郭淮望见，方欲回兵再追，只见山后烟云突起，一队神兵拥出，一个个手执旗剑，怪异之状，拥护木牛流马，如风而去。郭淮大惊曰："此必神助也。"众军见了，无不惊畏，不敢追赶。司马懿在寨中，探得北原兵败，急自引军来救。方到半路，忽一声炮响，两路兵自险峻处杀出，喊声震地，旗上大书汉将军张翼、廖化，司马懿见了大惊，魏军着慌，各自逃窜。懿匹马单枪，往密林间而走。张翼收住后军，廖化当先追赶，看看赶上，懿着慌，绕树而走。化一刀砍去，正砍在树上，及拔出刀时，懿已走出林外。廖化随后赶出，却不知去向。但见树林之东，落下金盔一个，廖化取盔揣在马上，一直往东追赶。原来司马懿把金盔弃于林东，却反向西走去了。廖化追了一程，不见踪迹，奔出谷口，遇见姜维，同回寨见孔明。张嶷早驱木牛流马到寨，交割已毕，获粮万余石。廖化献上金盔，录为头功。魏延心中不悦，口出怨言，孔明只作不知。且说司马懿逃回寨中，心甚恼闷。忽使命赍诏至，言东吴三路入寇，正议命将抵敌，令懿等坚守勿战。懿受命已毕，深沟高垒，令众将坚守，不许妄动。

是时孔明在祁山，欲为久驻之计。乃令蜀兵与魏民相杂种田，军一分，民二分，并不侵犯，魏民皆安心乐业。司马师入告其父曰："蜀兵劫去我许多粮米，今又令蜀兵与我民相杂，屯田于渭滨，以为久计，似此真为国家大患。父亲何不与孔明约期，大战一场，以决雌雄。"懿曰："吾奉旨坚守，不可轻动。"正议间，忽报魏延将着元帅前日所失金盔，前来骂战。众将愤怒，俱欲出战。懿笑曰："圣人云，小不忍，则乱大谋。但坚守为上，诸将依令不出。"魏延辱骂良久方回。孔明见司马懿不肯出战，乃密令马岱造成木栅，营中掘下深堑，多积干柴引火之物。周围山上，多用柴草，虚搭窝铺，内外皆伏地雷。置备停当，孔明附耳嘱之曰："可将葫芦谷后路塞断，暗伏兵于谷口。若司马懿追到，任他入谷，便将地雷干柴，一齐放起火来。"又令军士昼举七星号带于谷口，夜设七盏明灯于山上，以为暗号。马岱受计引兵而去。

孔明又唤魏延吩咐曰："汝可引五百兵，去魏寨讨战，务要诱司马懿出战，不可取胜，只可诈败。懿必追赶，汝却往七星旗处而入。若是夜间，则往七盏灯处而走。只要引得司马懿入葫芦谷内，吾自有擒之之计。"魏延受计，引兵而去。又唤高翔吩咐曰："汝将木牛流马，或二三十为一群，或四五十为一群，各装米粮，于山路往来行走。如魏兵抢去，便是汝之功。"高翔领计，驱木牛流马去了。孔明将祁山兵一一调去，只推屯田，吩咐如别兵来战，只许诈败。若司马懿自来，则并力攻打渭南，断其归路。孔明分拨已毕，自引一军，近葫芦谷下寨。

且说夏侯惠、夏侯和二人，入寨告司马懿曰："今蜀兵四散结营，各处屯田，以为久计。若不趁此时除之，纵令安居日久，深根固蒂，难以摇动。"懿曰："此必又是孔明之计。"二人曰："都督若此疑虑，寇敌何时得灭？我兄弟二人，当奋力决一死战，以报国恩。"懿曰："既如此，汝二人可分头出战。"遂令夏侯惠、夏侯和各领五千兵。去讫，懿坐待回音。

夏侯惠、夏侯和二人，分兵两路，正行之间，忽见蜀兵驱木牛流马而来。二人一齐杀将过去，蜀兵大败奔走。木牛流马尽被魏兵抢获，解送司马懿营中。次日，又劫掳得人马百余，亦解赴大寨。懿将解到蜀兵，诘审虚实。蜀兵告曰："孔明只料都督坚守不出，尽命我等四散屯田，以为久计，不想却被擒获。"懿即将蜀兵尽皆放回。夏侯和曰："何不杀之。"懿曰："量此小卒，杀之无益，放归本寨，令说魏将宽厚仁慈，释彼战心，此吕蒙取荆州之计也。"遂传令今后凡有擒到蜀兵，俱当善遣之。仍重赏有功将吏，诸将皆听令而去。

　　司马懿见蜀兵屡败，心中欢喜。一日，又擒到蜀兵数十人，唤至帐下问曰："孔明今在何处？"众告曰："诸葛丞相不在祁山，在葫芦谷西十里下寨安住，命每日运粮屯于葫芦谷。"懿备细问了，即将众人放去。乃唤诸将吩咐曰："孔明今不在祁山，在葫芦谷安营。汝等于明日可一齐并力攻取祁山大寨，吾自引兵来接应。"众将领命，各自准备出战。司马师曰："父亲何故反欲攻其后？"懿曰："祁山乃蜀人之根本。若见我兵攻之，各营必尽奔救。我却取葫芦谷烧其粮草，使彼首尾不接，必大败也。"司马师拜服。懿即发兵起行，令张虎、乐綝各引五千兵在后救应。

　　且说孔明正在山上，望见魏兵。或三五千一行，或一二千一行，队伍纷纷，前后顾盼。料必来取祁山大寨，乃密传令众将："若司马懿自来，汝等便往劫魏寨，夺了渭南。"众将各自听令。却说魏将皆奔祁山寨来，蜀兵四下，一齐呐喊奔走，虚作救应之势。司马懿见蜀兵都去救祁山寨，便引二子并中军护卫人马，杀奔葫芦谷来。魏延在谷口，只盼司马懿到来，忽见一支魏兵杀到，延纵马向前视之，正是司马懿。延大喝曰："司马懿休走。"舞刀相迎，懿挺枪接战，不上三合，延拨回马便走，懿随后赶来。延只往七星旗处而走，懿见魏延只一人，军马又少，放心追之。令司马师在左，司马昭在右，懿自居中，一齐攻杀将来。魏延引五百兵，皆退入谷中去。懿追到谷口，先令人入谷中哨探，回报谷内并无伏兵，山上皆是草房。懿曰："此必是积粮之所也。"遂大驱士马，尽入谷中。

司马懿既入谷中，忽见草房上尽是干柴，前面魏延已不见了。懿心疑，谓二子曰："倘有兵截断谷口，为之奈何？"言未已，只听得喊声大震，山上一齐丢下火把来，烧断谷口，魏兵奔逃无路。山上火把射下，地雷一齐突出，草房上干柴都着，刮刮杂杂，火势冲天，满谷皆红。司马懿惊得手足无措。乃下马抱二子大哭曰："我父子三人，皆死于此处矣。"正哭之间，忽然狂风大作，黑气漫空。一声霹雳响处，骤雨倾盆。满谷之火，尽皆浇灭，地雷不震，火器无功。司马懿大喜曰："不就此时杀出，更待何时。"即引兵奋力冲杀，张虎、乐綝亦各引兵杀来接应。马岱军少，不敢追赶。司马懿父子，与张虎、乐綝合兵一处，同归渭南大寨，不想寨栅已被蜀兵夺了，郭淮、孙礼正在浮桥上，与蜀兵接战。司马懿等引兵杀到，蜀兵退去。懿烧断浮桥，据住北岸。此时魏兵在祁山攻打蜀寨，听知司马懿大败，失了渭南营寨，军心慌乱。急退时，四面蜀兵冲杀将来，魏兵大败，十伤八九，死者无数，余众奔过渭北逃生。孔明在山上，见魏延诱司马懿入谷，一霎时，火光大起，心中甚喜，以为司马懿此番必死。不期天雨大降，火不能着，哨马报说司马懿父子俱逃去了。孔明叹曰："谋事在人，成事在天，不可强也。"

观孔明之战司马懿，用尽心力，卒因天雨，以致前功尽弃。诚天意之不属，非人力之不尽矣。孔明言天意，而仍尽人力，非若后世之不尽人力，专恃天意者可比，是又青年子弟所不可不知者也。

草木皆兵

国韵小小说

草木皆兵

话说东晋时候，胡人入据中原，中国土地，四分五裂。晋朝偏安一隅，无力与争。不料胡人心还不足，屡次发兵来夺晋朝土地。幸而晋朝尚有几员大将，可以抵敌。是日适孝武帝设朝，近臣奏报，秦王苻坚命苻融为将，统领雄兵百万，战将千员，来夺江南。晋帝闻知，大惊失色，急与群臣商议退敌之策。群臣皆面面相觑，并无一人发言。但见各处告急本章，如雪片般送进朝来，皆报说秦将苻融、张蚝、慕容垂等，领步骑一十五万，已抵颍口；尚有龙骧将军姚苌领兵二十万，从北路杀来；秦王苻坚亲统大军六十余万，铁骑军二十七万，即日将抵项城。秦军水陆并进，运粮万艘，一路营寨相连，指日可到。此报一至，晋朝君臣，吓得手足无措。晋帝连问："谁人敢退秦兵？"诸文武尽皆失色。此时班中一位大臣被激怒，乃中书监录尚书事谢安，出班奏曰："自古云养兵千日，用在一朝。陛下待诸义武如手足，今日闻秦兵一至，尽皆缄口结舌，此何理也？臣虽不才，愿率一旅之师，效犬马之劳，以退秦兵，稍报陛下知遇之恩。"晋帝见谢安是文臣，心想退敌乃武将之职，谢安手无缚鸡之力，胸无军旅之学，如何去得，所以不肯答应。安曰："今事急矣，无人向前，不如遣臣一行。所谓将在谋而不在勇，待臣略施小计，管教百万秦兵，片甲不回。"晋帝见谢安侃侃而谈，颇壮其胆，只嫌他是文臣，终不敢发遣。乃有近臣奏道："有文事者必有武备，有武备者必有文事。臣观谢尚书侃侃而谈，必是胸有成竹，破敌之策，早已决定。不如命他一行，另选大将为副，破秦必矣。"帝曰："朝中谁人可任大将？"谢安曰："臣侄谢玄，勇略双全，可任大将。"帝曰："秦兵百万，非可儿戏视之。倘用人不当，一朝挫败，如之奈何？"朝臣王彪之曰："玄乃一儒生，岂是苻融之敌，不可用也。"周雍亦曰："玄年幼德薄，恐诸将不服，反误大事。"谢安曰："此时多言无益，臣请以全家性命担保。"帝乃命召谢玄，玄至，帝曰："今秦兵侵境，孤欲命卿总督人马，以破苻坚何如？"玄对曰："国家多难，匹夫有责。陛下命臣，敢不效命。惟恐年幼，倘文武不服者如何？"帝曰："如有不遵令者，先斩后奏。"遂令谢安总督天下诸军事，谢玄为征北大将军，以兵数万，出拒秦兵。二人领旨退出，朝臣皆窃窃私语，皆道谢安文臣，焉能统兵，此去直送死耳。

却说，谢安字安石，自幼即聪明过人，四岁时，谯郡桓彝见而叹曰："此儿风神秀彻，前途未可限量也。"后果应其言，位至尚书。安子侄颇多，惟玄有经国才略。玄字幻度，为谢安兄子，安屡称其能。晋帝遂任用之，玄屡立战功，官至建武将军兖州刺史，至今又拜为征北大将军。是日叔侄两个，领旨出朝，检点兵马，只得八万余人。次日谢安传下号令，教各处严防关隘，坚守淝水，不许出战。众将闻之，相聚笑曰：“朝廷特任谢安，统领各军，以为他有奇计，可以破敌。今只知把守，谁人不能，亦何必命此文臣来耶？”就中有两员大将，皆有万夫不当之勇。一名桓伊，字叔夏，力举千斤，使一丈八蛇矛，不亚三国时之张飞，且善吹笛，能移人情；一名刘牢之，字道坚，面色紫赤，须长过腹，目光如电，使一柄大刀，为人勇而有谋。此二人素有战功，今见谢安按兵不动，忍不住进帐请令道：“吾等自跟大司马桓温，平定西蜀，大小数百战，莫不奋勇向前。即帐下诸将，亦皆桓大司马部将，披坚执锐、出生入死之士。今主上以公为大都督，令退秦兵，宜早定奇计，分头进征，方能成功。今却死守，以待天自杀贼，何无谋之甚也。我等非贪生怕死之人，乃使坐以待毙，此何理乎？”言讫，帐上下皆曰：“二将军之言是也，我等情愿奋勇向前，与秦兵决一死战。”谢安听罢，掣剑在手，指而言曰：“苻坚名闻天下，戎狄尚自惧怕。今以百万之众，来寇江南，不可轻敌。况吾军只有八万，众寡悬殊。汝等诸将士虽勇，寡安可以敌众？吾今既受重任，自有退敌妙算，非汝等所能知。今汝等藐视吾为书生无能，不服将令，即此足以败事，安望成功？今再申吾令，诸将各按职守，坚守隘口险要，不许妄动。如违令者，以此剑立斩。各宜凛遵，勿得多言。”于是众将皆喏喏而退，各分头把守去了。

却说，苻融兵马，直至川口，连营一千余里，前后四百余寨，夜则灯火烛天，昼则旌旗蔽日。连日不见晋军动静，命细作打探，方知晋用谢安为大都督，总制军马，现在下令把守险要，不许出战，所以并无动静。苻融问谢安何如人，谋士权翼曰："江东伟人，足智多谋，不亚当年三国时之周瑜也。"苻融怒曰："儒生有何高谋？吾令前队迫之，谢安可指日生擒。"权翼曰："不可不可，安之才学，不在桓温之下。今但守而不战，必有诡计，不可轻举妄动，堕其术中。"苻融曰："吾用兵岂不如一书生耶？勿多言，看吾擒之。"苻融乃自引前军，分攻各处关隘，日日令小军叫骂搦战。谢安闻知，召谢玄至，谓之曰："汝可与吾子琰，及中郎将桓伊，引全军出屯淝水，以拒秦兵。其余把守各处关隘之兵将，可仍令严守勿动。"玄曰："秦兵百万，猛将千员。今吾只以八万之众前去，如何抵敌得过，叔父用何计以拒之？"安曰："汝从吾言，仅引兵先去，且莫与战，吾自有奇计。"于是玄与谢琰、桓伊竟引八万精兵，出屯淝水之上，以拒秦兵。早有细作报入秦军，苻融闻知晋兵只有八万，大笑曰："吾早知书生不知战略。区区八万兵，如何敌得我百万大军。真是以卵敌石，自不量力。"即使人报秦王曰："今晋兵弱少，不敢来战，破之甚易。请陛下车驾亲临，指日破敌。"秦王坚见其书，即日亲领大兵六十万，来至项城，命诸军徐进，朕自以轻骑二千，兼道先赴军前。诸将奏曰："晋兵弱少，大王可坐待捷报，何必亲自向前？"秦王曰："朕若不去，则三军不肯用命。"言讫，引二千人先行，来至苻融军中。苻融接着，入于中军。问劳已毕，融命摆宴款待秦王。席间秦王酒酣，谓诸将曰："吾军人投一鞭，淝水可满。彼谢安不自量力，敢来与朕拒敌，不日必生擒之。"言讫，大笑，众将皆笑。宴毕，苻融又引秦王出视晋军，秦王见晋军营垒不多，营门坚闭。回顾己军，则刁斗森严，兵强马壮，大喜曰："此天与吾也，破晋必矣。"是夜，秦王即宿于苻融帐中。谢玄闻秦兵大至，恐寡不敌众。至夜，私自回城，来见谢安。岂知谢安连日不理军情，不分昼夜，但与王羲之围棋赌胜。谢玄大惊曰："秦王亲临前敌，秦兵漫山遍野，旌旗相望。侄恐寡不敌众，故星夜来见叔父。岂知叔父不视军情，但事围棋，敢问计将安出？"谢安拈子在手曰："汝火速归营，调兵紧守淝水，切莫妄动，吾自有计。若有紧急，可使人来报，吾必自来。"玄不敢复言，急归营紧守不出，只是心中终觉不安，恐秦兵一旦竟杀过淝水来，将如何抵御。过了数日，乃使张玄往请谢安。张玄入城，见谢安告急曰："秦兵大至，诸将皆要出战，请明公火速出城。"安不得已，命驾来至玄营，但见诸将各个摩拳擦掌，跃跃欲试。谢安升帐，皆上前请令出战。安曰："秦兵众，吾兵寡，其气正盛，绝不可以力敌。今我守险，以老其师，彼军久不遇战，锐气自退。吾待其懈怠之时，出奇计以攻之，可以一战而胜。今诸将见彼军驰骋于平原，耀武扬威，而激怒于心，但求一战。敢问七八万人，固可以一勇而敌百万乎？"众皆默然。安曰："此所谓小不忍而乱大谋也。"言讫，退帐，遂邀谢玄与王羲之等，私游山野。安谓玄曰："吾与汝围棋一局，如何？"玄不敢违命，然手虽下棋，而心中终犹疑不释。平日安棋不及玄，是日玄竟连败数局，遂不再棋，但曰："秦兵势大，叔父有何计破敌？"安曰："吾有三胜，汝休漏泄。吾今观吾军，天时地利人和皆占胜利。今岁星在吴，而秦逆天来攻，古云逆天者亡，吾胜秦败，此天时也；吾有长江之险，秦军不能飞渡，此地利也；秦兵号称百万，皆乌合之众，兵将虽多而不和，吾军固少，而同一心，此得人和也。吾有此三胜，但得机会，出奇计以攻之，破秦必矣。"玄乃大服，至夜安仍回城。

　　却说秦军终日搦战，只不见一人出马。权翼曰："为今之计，不如先取寿阳。若得寿阳，晋都城建康必然震恐。恐则生乱，乱则逃奔。军无斗志，江南可一战而定矣。"秦王从之。即召阳平公苻融至，令引兵五万去攻寿阳，又令前军先锋梁成，引兵五万屯于洛涧，建筑寨栅，以阻晋兵，使不得救应。二将各率兵去讫。却说，苻融引兵来攻寿阳，郡守王正，不守谢安将令，径自率兵五千，出城迎敌。苻融指着王正曰："早早来降，免汝一死。"正大怒，拍马舞枪，出阵来战苻融。秦兵阵中，徐成以双刀来迎。二人交锋，战至十合，王正遮拦不住，正思逃走，张蚝一骑马一条枪，飞出阵前，大喊一声，刺王正于马下。晋兵溃散，苻融挥兵杀奔入城，占据寿阳，迎接秦王苻坚及众文武入城屯扎。苻坚大喜，商议即日进兵，直攻晋营。次日，忽有细作报入城来道："晋军一夜增兵一百万。"秦王急与众文武登寿阳城，遥望晋军，见八公山列有雄兵一百余万，人人勇猛，军械整齐，队伍不混。秦王一见大惊曰："此劲敌也，何谓弱少乎？"因命苻融、梁成，进兵速战，曰："彼主吾客，客军利在速战。今彼坚守不出，吾之大患也。"又问众谋士有何妙计，可胜晋军。降将朱序进曰："某与谢氏叔侄，有一面之交，大王遗以尺幅之书，某愿渡过淝水，掉三寸不烂之舌，说其来降，东南指日可平。"苻坚即作书使朱序去招谢安。原来谢安暗地命刘牢之，领军士扎草为人。一夜工夫，将一百余万个草人，扎于八公山草木之间。苻坚远望，只道是真的，后来还说天助晋朝，所以八公山草木，一夜皆化为兵，岂知乃谢安之计耶。是时谢安命谢玄提兵，近洛涧二十五里屯扎，预备先攻梁成。忽报朱序来见，安命请进，问曰："闻君在襄阳与苻丕相持，今何以来此。"朱序曰："吾奉晋帝命守襄阳，被苻坚使子苻丕与杨安，领军五万，攻陷入城，不得已伪降于秦。今苻坚遣吾来说都督，吾因此得见明公。序必不负大晋，愿为内应。公自外来，吾自内出，破秦必矣。"安曰："吾素知君忠义，今来相助，是天假吾破秦之机会也。"序曰："今梁成凭血气之勇，以兵五万，屯于洛涧，甚易攻取。若待秦兵齐至，难于为敌，不如乘诸军未集，破其前锋，则彼之气夺，可一战而大破之。"安曰："甚善。"序即归见苻坚诳曰："安、玄已被序说动，惟因家属尚在建康，须俟接出后，方能来降。"坚听了半信半疑，命序暂退。

　　却说谢安见朱序既去，即升帐聚大小将校听令。命刘牢之引五千精兵去攻梁成，乘晚而进，不可退后。又命谢玄、桓伊各引兵三千，抄小路埋伏，以待梁成兵败走回，断其归路。三人领令去讫。刘牢之领精兵五千走到洛涧，隔涧一望，见梁成阻涧为营。牢之身先渡水，精兵后随，一声鼓噪，杀上岸来。梁成听得鼓响，知有兵至，忙令士卒准备迎敌。牢之已挥刀杀进营来，一路将秦兵砍瓜切菜一般乱杀，梁成持枪直取牢之，战不上五合，被牢之大吼一声，劈梁成于马下。秦兵奔溃，副将王显，见梁成已死，忙领残兵走奔下流，正遇谢玄。交马一合，被玄捉住。桓伊横杀秦兵，牢之又从后赶来。秦兵争赴淮水，死者万五千人。谢玄收得秦之器械军资，来见谢安。安传令水陆三军尽进，屯于淝水之东。至夜，召谢玄入谓曰："今秦之前锋既败，必不敢进，退则恐为天下人耻笑。此正机会，不可失也。汝可领吾密计，如是如是，破之必矣。"玄大喜。安乃回建康见帝，谓破敌在即，陛下可以无虑，晋帝喜甚。是时秦王坚闻前锋已失，梁成已死，急传令教苻融率兵逼淝水而阵，昼夜分巡。次日，谢玄使能言军人来见苻融，曰："吾奉都督将令，拜上将军。将军远涉吾境，利在速战。今置阵逼水，此持久之计，非欲速战者也。若移阵小却，使吾兵得渡，以决胜负，不亦善乎。否则待守而废粮草，有何益哉。"苻融闻其言，入城报知秦王。苻坚遂问诸将曰："汝等主意若何？"大将徐成等曰："我众彼寡，不如遏之，使其不得渡河，方为万全之策。"苻坚曰："不然，如此则自老吾师也。况彼八公山之军，亦不为寡。吾便引兵少却，使彼兵半渡，我以铁骑数十万，临水攻之，可获大胜。"融曰："陛下神见，诸将不及。"于是苻融即出传令，是夜移营退却十里。又令徐成选铁甲军五万，待晋军半渡时击之。时玄之细作，见秦兵移阵，即来报知谢玄。谢玄大喜，桓伊等曰："秦兵势大，何以破之？"玄曰："秦兵一百余万，连下百余营。今却阵必然混乱，吾乘其乱而攻之，可擒苻坚也。"于是大集诸将听令曰："今夜东南风大作，吾军适在东南。谢石可由水路进兵，船上多载茅草，近秦营即放火烧之。秦之水营被焚，陆营必乱。刘牢之可引军十数队往攻水北岸，桓伊领军十数队往攻江南岸。每人各带茅草一束，内藏硫黄烟硝，皆带火种，草挑于枪刀之上，但到秦营，近林者顺风举火。秦兵四十营，每烧一营，相隔三营再烧。彼时秦兵必乱，我军乘乱攻击。各带行粮，不许稍退，无分晓夜，直须拿住苻坚为止。"诸将皆得令而去，谢玄自领中军，随后接应。

却说，秦王当日，自出城来营中，寻思破晋之计，忽见中军帐前，旗幡无风自倒。权翼曰："此不吉之兆也，莫非有晋兵乘夜来劫营？"道犹未了，有军探来报曰："上山远望，见晋兵已出，渡水而东。"秦王曰："此疑兵也，只管移营。"令徐成引军马五万前去邀击。黄昏将近，东南风骤起。权翼回报，水北岸寨中火起。秦王便教探视。张蚝也来回报，望见水寨中火起，秦王即唤徐成亲往水北岸，张蚝亲往江南，探看虚实，如晋兵已到，可急回，二将领兵而去。初更时候，喊声动地，西营军马，齐奔中军，自相践踏，死者无数。后面晋兵杀到，正不知人数多少，秦兵只道八公山一百余万晋兵，一齐杀来，吓得四散而逃。秦王急急上马，引军奔走。火光连天，江南江北，照耀如同白日。苻融引手下数百骑，正逢晋将桓伊，被伊一矛刺中肩头。苻融拼命冲杀，却被伊军围住，乱箭射死。谢安之子谢琰，引军来赶秦王。苻坚不敢抵敌，往西奔走。前面晋军又到，为头一将，提白银枪直杀过来，乃是征北大将军谢玄。晋军两面夹攻，将秦王围住，四下无路。秦王正慌急间，忽闻喊声大震，张蚝引军杀入，将秦王救出，急上战船，将船掉开。谢玄令军人在岸上射箭，万弩齐发，一箭适中秦王肩臂，倒在船上。众将救醒，急忙奔逃。当时朱序领部下在秦军中做内应大呼道："秦军大败，秦王已死。八公山大军，尽杀过江来矣。"秦军因移阵大乱，队伍不齐。晋兵又四面杀来，忽闻朱序大呼，于是秦兵愈惊大溃。秦王走过西河，遇见徐成败兵，合在一处。后面晋军追至，秦王、张蚝等引军逃上停马山。谢玄大队赶到，将山围住。秦王遥望己兵，死者蔽野塞川，死尸重叠，塞江而下，淝水为之不流。及围至次日，晋兵愈围愈厚，四面放火烧山。秦兵乱窜，忽见火光中一将，引数千骑杀上山来，乃秦王手下将官邓羌、傅删也，羌对秦王曰："四下火光逼近，陛下务宜速走。"于是邓羌在前，傅删断后，杀奔下山。晋兵犹紧紧追赶，秦王教从行军士，尽脱衣甲，叠于山路而焚之，以绝追军，方才得脱。刘牢之等一路追赶秦兵，秦兵闻风声鹤唳，皆以为晋兵且至，心胆俱碎。谢玄等直追至青冈，方传令鸣金收军。所获器械军资珍宝，堆积如山，遣使到建康报捷。谢安正与王羲之围棋，捷报至，安视一过，即置之，仍下棋如故。羲之问之，安曰："小儿辈已破秦师矣。"棋罢，安入内，心中喜极，过户限，不觉屐齿之折。晋帝闻捷报大悦，加封谢安为太保，谢玄为后将军，假节钺，还镇京口，诸将士皆论功升赏。是役秦兵百万，败存只四万余人，秦王终以为晋兵真有百余万，不知八公山草木皆兵之为假也，以致大败而归。当时晋国朝野上下，闻此捷报，莫不喜出望外，皆称谢安之妙计安天下也。由此看来，苻坚恃强骄盈，毫不虚衷，以致一败涂地。谢安默运潜算，不事张扬，卒能以寡敌众，以弱胜强。凡人之做事，无论大小难易的，总要戒谨恐惧，不自满足，处以谦和，持以镇静，自能得优美之结果。否则矜才使气，操切从事，未有不败者也。

混世魔王

国韵小小说

却说隋朝时代，山东地方，有一群英雄好汉，因隋炀帝无道，害忠嫉贤，群起义愤，即在一土地庙中歃血为盟。盟单上写道：

维大业二年九月廿二日，有徐茂公、魏征、秦琼、单通、张公瑾、史大奈、尉迟南、尉迟北、鲁明星、鲁明月、南延平、南延道、白显通、樊虎、连明、金甲、童环、屈突通、屈突盖、齐国远、李如珪、贾闰甫、柳周臣、王勇、尤通、程咬金、梁师徒、丁天庆、盛彦师、黄天虎、李成龙、韩成豹、张显扬、何金爵、谢应登、仆固忠、费天喜、柴绍、罗成，不愿同日生，只愿同日死。吉凶相受，患难相扶。如有异心，天神共鉴。

写罢，个个写了年纪，众人跪下，将盟单念一遍。祝罢起来，将刀在臂上刺出血来，滴入酒中，人家各吃一杯。即日反出潼关，一路无人可敌，一日夺了金提关，以为基业。众人一齐入关，休养三日，又招兵万余。留贾闰甫、柳周臣分兵一千镇守金提关，其余一齐竟奔瓦岗寨而来。到了瓦岗寨地方，放炮安营。徐茂公道："哪一个兄弟前去取瓦岗寨?"程咬金说："小弟愿往。"遂提斧上马出营，直到城下大叫道："城上的军士快报军将得知，说我程爷爷讨战。"探子报入帅府，守将马三保闻报即问众将道："哪一位将军前去迎敌？"有胞弟马宗应道："小弟愿往。"遂披挂上马，手执大刀出城，见了咬金貌丑非常，便喝道："丑鬼何人？"咬金大怒，喝道："我乃反山东的程咬金便是，你这厮却是何人？"马宗道："我乃大隋朝正印元帅马三保胞弟马宗是也。"咬金道："不管什么马，吃我一斧。"遂举斧劈面砍来，马宗把刀往上一架，不想刀杆被咬金砍断，马宗措手不及，被咬金一斧砍落马下。又抵关讨战，此时徐茂公一众人领兵齐出营门观看，那败兵报入帅府。马三保闻报大惊，忙问哪位将军再去迎敌。闪出三弟马有周愿为二兄报仇，誓杀此贼，遂披挂出马，一马冲来。咬金催马向前，当头就是一斧。有周兵器未举，被一斧斩下马来。败兵又报入帅府，马三保闻报，长叹一声道："总是当今无道，以此天下荒荒，盗贼生发。也罢，众将收拾家小待本帅自去一战。若不能胜，穿城走了罢。"收拾齐备。马三保提刀上马，冲出城来，大喝道："哪个是山东程咬金？"程咬金道："爷爷便是，想你也是要来尝爷爷的斧头滋味。"遂把斧头当头劈下。马三保叫声好厉害，回马就跑，背后程咬金、徐茂公，众好汉一齐赶上。马三保带了众将并老小穿城而走，徐茂公鸣金收军，与众好汉入城，安民查库，在帅府中摆了筵席。正吃酒之间，忽听得一声震天的响，大家吃了一惊。左右来报，教军场中演武厅后，震开一个大地穴。

徐茂公与众好汉一齐至教场中演武厅后一看。只见黑洞洞不知多少深。程咬金道："这个底下，一定是个地狱。"徐茂公教取数丈索子来，索头上缚了一只黑犬、一只鸡放下去。顺手一松，便到底下。咬金道："这是什么意思？"茂公道："贤弟有所不知，若放下去鸡犬没有了，就是妖穴。若鸡犬俱在，即是个神穴。"咬金道："原来如此。"少时拽起来，鸡犬虽在，却是冻坏的了。程咬金笑道："原来是个寒冰地狱，我们走开了，不要跌下去冻死了。"徐茂公道："此是神穴，必须哪一位兄弟下去看看，便明白了。"咬金道："徐大哥舍得自己，莫说他人，就是你下去便了。"徐茂公道："我有个道理，写下三十七个纸阄。三十六个不去，一个去字。哪一个拈着去字，就下去。"众人道有理。茂公遂写了，个个折好，教众人拈。拈完了，拆开来看，大家都是不去二字。那一个去字，恰好是程咬金拈着。徐茂公道："这没得说，你自己拈着。"咬金道："我又不识字，你们作弄我，说我是去字。"茂公道："不去是两个字，去只一个字，难道你亦不识？"众人拿出来看，都是两个字。程咬金看自己手中，却是一个字，便道："我今下这寒冰地狱，料不能活了。"徐茂公道："你下去，包你不妨。"咬金道："还说妨不妨，不过是做个寒冰小鬼罢了。"茂公叫取个大筐子，缚在索头，一丈挂一个大铃，叫咬金坐在筐内。咬金不得已带了大斧，坐在筐内。众人放下索子去，那铃儿叮叮地响。放下有五六丈索子，就到了底。

索子一松，上面住了手。咬金爬出筐子，提斧在手，却黑洞洞不见一些亮光，只管摸去，转过两个弯，忽见前面有一对亮光，咬金暗道：“啊呀，这一定是妖怪的两只眼睛。”赶上前一斧劈去，砍开，原来两扇石门，里面又是一个世界。走进石门，见上边也有天，下边一条大河，中间一条石桥。走过了桥，却是三间大殿，静悄悄并无一人。咬金走上殿中间，见桌上摆着一顶冲天翅金幞头，一件杏黄龙袍，一条碧玉带，一双无忧履。咬金见了，以为稀奇，就把头上紫金冠除去，将冲天翅金幞头，戴在头上，把杏黄龙袍穿了，将碧玉带系了，脱去皮靴，登上无忧履。又见东面有一个宝匣，开来一看，见一块玄珪，一张字纸，咬金却不识得，把宝匣揣在怀内，就下殿来。走至桥边，见寒气侵人，只得跑出石门。那石门一声响，即时关上。咬金七扒八跌奔过来，摸着筐子，坐在里面，把索子乱摇。那铃儿响动，上面连忙拽起，出得地穴。咬金走出筐子，一声响地穴即闭了。咬金道：“造化了，略迟了些，即活埋了。”众人见他这般穿戴，大家稀奇起来。咬金细言前事，取出宝匣与茂公看。茂公把那字纸一看，只见上面写道：“程咬金举义集兵，为三年混世魔王。”

众人道：“如今要保这冒失鬼了。”咬金大喜道：“这自然是我做皇帝。”徐茂公吩咐把帅府大堂，改作皇殿，择吉日请程咬金升殿。众人朝贺毕，徐茂公请主公改年号立国号，咬金道：“我在此做皇帝，不过混账而已。如今可称长久元年，混世魔王便了。"茂公道:"请主公封官赏爵。"咬金道:"徐茂公为左丞相、护国军师,魏征为右丞相,秦琼为大元帅,其余一概都是将军。"众人听了,各皆谢恩。咬金叫大摆御宴,与各位皇兄御弟吃酒。正吃之间,见探子来报道:"启大王爷,今有靠山王杨林,领兵十万来攻瓦岗寨了。"咬金听说大惊道:"这杨林那厮来了,如今要驾崩了,这个皇帝当真做不成了。"茂公道:"主公不必心焦,且上城一看来势如何。"咬金道:"既如此,备孤家御马来。"咬金遂上了马,提着斧,众将随了,来到城上一看。杨林已摆下一阵,把瓦岗寨四面围住。秦琼一班人皆不识,便问军师,此是何阵。茂公道:"此乃一字长蛇阵。击首则尾应,击尾则首应,击其腰首尾俱应。"看罢,大家回朝商议破敌。茂公道:"须得一员大将能敌杨林者,从头杀入,四面调将冲入阵中,其破必矣。"秦琼道:"不知何人能敌得杨林。"茂公道:"除令表弟罗成外,恐不能当此任。惜乎令表弟已回家,必须哪一位兄弟前去请他来方妥。"秦琼道:"徐大哥此言差矣,我姑丈镇守燕山,法令严明,岂容我等如此。他若得知,还要见罪,焉肯使表弟来助。"茂公道:"我有妙算,只消差一个兄弟前往燕山,暗地去请令表弟前来,包你令姑丈一点也不知道。"

咬金听了,也不问情由,大叫道:"妙妙,你可速速替孤家写起诏书来,差官前去,连他父亲也一同召来。他是靖边侯,孤家也封他为靖边侯,快快写诏书来。"咬金在殿上南面坐定，语言不住。茂公等见咬金这般错乱，实是好笑，却欺他不识字，胡乱应道："领旨。"茂公写了书，咬金道："念与孤家听。"茂公遂依他口气，假做诏书，召他父子，念了一遍。咬金道："要差哪一位去？"茂公道："此事必须王勇前去方妥。"当下封好了书，茂公叫过王勇，附耳低言，过隋营如此如此，见罗成这般这般。王勇领命，将书藏好，手提方天戟，上马出城，竟奔隋营。隋兵一见，飞报入帐，说启王爷："有贼人单身匹马来冲营了。"杨林闻报，就令第七太保杨道源前去出战。道源领命，提枪上马，出营一看，见王勇便喝道："来将何名？"王勇横戟在手，忙叫道："将军请了，我却不来交锋，要去请个人来。"道源喝问道："你去请什么人？"王勇道："将军有所不知，我们起初原不肯反，只因秦叔宝有个堂兄弟名唤秦叔银，他叫我们反的。我们说反是要反，只怕杨林兴兵来，十分厉害，如何反得？他说不妨，你们只管反，若杨林来，待我把这老狗挖出眼睛，用灯草塞在他眼睛内，做眼睛灯。我们一时听他，所以反了。不料老大王果然到来，我今要去山东请他，特与将军说知，可去说与大王知道。若怕我去请他来挖大王的眼睛，你就不放我过去。你若不怕，就放我去。"杨道源一闻此言，气得无明火起，道："罢了罢了，你去请他来。"王勇道："将军不要见恼，还该与大王说了。大家计较，将军若放我去，倘老大王怕他，岂不要见罪将军？"杨道源气得三尺暴跳，七窍生烟，大喝道："不必多讲，你去便了。"吩咐三军让他一条大路，放他去罢，自却回进营来。杨林见他颜色不平，不胜怒气的行状，便问道："王儿为何如此？"道源道："父王有所不知，真活活气死人。"就把王勇言语，一一述了一遍。"如今臣儿放他出营，叫他去请来。"杨林闻言，气得眼珠突出，银须倒竖，叫道："放得好，这厮焉敢无礼，辱没孤家，待他到来，看他是如何样的。"

且说王勇出了隋营，竟往燕山而来。不一日，到了燕山。入城寻了个住店歇下，问店主人道："罗元帅公子可在府中？"店主人道："罗公子不在府中。"王勇道："他到哪里去了？"店主道："因边外突厥兴兵犯边关，罗元帅令公子领兵出城去了。"王勇道："可晓得几时回来？"店主道："早间闻得做工的人说，罗公子大破番兵，明日就回来了。"王勇大喜，就在店中宿了。到了次日早饭后，王勇出城，到一个僻静处等候。到了下午，忽见有几个敲锣鼓的过去，少时，又见一队队兵过去，将次过完，却见罗成有四五个家将跟随在后面，按辔而来。王勇呼哨一声，罗成早看见是王勇，即吩咐家将先行，自己跳下马来，与王勇施礼。罗成道："你今日因何到此？"王勇道："自贤弟走后，得了瓦岗寨，程咬金做了混世魔王。今杨林摆了一个长蛇阵，围困瓦岗。我奉徐茂公之令，来请贤弟，故尔到此。"怀中取书，付与罗成拆开一看，道："兄且在店中等着，待我回去与母亲商量，设个计较。若能脱身，弟自差人来知会。"遂别王勇上马入城，回至帅府，缴了令。罗公自去赏军，罗成入后堂来见母亲，行礼毕，罗成道："母亲，好笑得紧，秦琼表兄立程咬金为王。被杨林围困，写书来请孩儿去救。母亲你道好笑不好笑?"老夫人道："书在哪里?"罗成向怀中取出，老夫人接过一看，不觉泪下道："我儿，你母亲面上只有这点骨血，一有差错，秦氏一脉休矣，我儿必须设个法儿去救他方好。"罗成道："只怕父亲得知，不当稳便。儿有一计，少停父亲进来，母亲可如此如此，父亲一定允的，孩儿便可去了。"老夫人依允，把书烧了。

少时，只听云板一响，夫人便大哭起来。罗公进来，十分惊骇，忙问道："夫人却是为何?"夫人道："从前怀孕的时节，会许武当山香愿，后遂事忙，至今未曾了得。昨夜梦见神圣震怒，要伤我儿，故此啼哭。"罗公道："夫人既有此兆，作速差人前去，还此香愿便了。"夫人道："这香愿，原是为孩儿许的，必须孩儿亲自了愿方可。"罗公依允，令罗安打点香烛祭品，明日动身前去。罗成悄悄吩咐罗安，通知王勇，叫他城外僻静处去等，罗安自去知会。次日天明，罗成收拾盔甲器械，别了父母。带罗安、罗春一齐起身，吩咐罗安、罗春在朋友处借住，等我回来，同进帅府复命，不可泄漏。自己一马奔出城来，王勇在前相等。二人拍马，连夜赶行，不一日，来到瓦岗，果见许多人马团团围住。罗成叫声王兄："我今杀入阵去，你可乘乱入城去知会。"王勇允了，罗成遂纵马冲入阵内，大喝道："隋兵让开路，俺秦叔银来了。"隋兵齐说不好，挖大王眼睛的来了。大家把箭射来，罗成把枪一撑，那射来的箭，都叮叮当当落在地下。罗成冲进营盘，一路兵东倒西歪，死者不计其数。杨林闻报，同众将一齐上马。先是杨道源，一马杀来，被罗成一枪，拦开刀，喝声过来。将手勒住甲绦，提过马来，哈喇一声，撕为两片，抛在地下。那徐茂公，在城上看见尘土冲天，知罗成已到，忙令众将大开城门，分头杀出，俱攻大寨。罗成在阵内，又枪挑卢方，铜打薛亮。杨林大怒，举囚龙棒，劈面打来。罗成使枪来迎，如银龙出水，猛虎离山。杨林道："这是罗家枪法！"罗成道："我哥哥秦叔宝，学得罗家枪。难道我，堂弟秦叔银，学不得罗家枪么？"遂提枪直刺，杨林举棒相迎，大战十余合。杨林换剑砍来，却被瓦岗众将杀到。杨林心中一慌，被罗成一枪正中左腿，几乎坠马，大叫一声，回马便走。罗成纵马赶来，隋兵降者二万余人，弃下粮草马匹军器，不计其数。追赶二百余里，鸣金收军。罗成会见秦琼，诉说一切。罗成对秦琼道："哥哥，弟今不敢入城，恐有泄漏，如今就要回去。"秦琼道："这个自然，我也不敢相留。"罗成就别秦琼，连夜回燕山去了。

当下秦琼等收兵入城，咬金问道："罗成御弟为何不来朝见？"秦琼道："他瞒了父亲，私自走来，恐有泄漏，已回燕山去了。"咬金道："前日孤家去召他的诏书，难道他不奉诏么？"王勇道："臣路上遇见他的，因此不说起。"咬金道："这也罢了，现在败了杨林，岂不是孤家之福星。王兄你可为孤家金州去取景阳钟。秦王兄，可为孤家雷州去取龙凤鼓。"二人领旨分头而去。且说，杨林败去二百余里，收了残兵，再欲来打瓦岗。忽有圣旨到来，说海外离石湖刘雷王，起兵来反登州，令杨林回登州镇守，不可擅离。杨林无奈，只得上本，保举潼关守将魏文通，攻打瓦岗，自回登州镇守。炀帝得了本章，下旨令魏文通领本部人马，攻打瓦岗。另差大将，镇守潼关。魏文通点起十万人马，杀奔瓦岗而来，离西门五十里下寨。徐茂公得报，不与交兵，暗差齐国远、李如珪、金甲、童环、梁师徒、丁天庆，带一千人马，出东门，转总路口等候。

且说秦琼，雷州取鼓回来。远远见有人马，正在扎寨。吩咐从人，将龙凤鼓，藏在树内。自己一马冲来，大喝道："何处人马，闪开让路。"魏文通方才下寨，见有人冲营，遂上马冲出，两人交战十余合。秦琼力怯，回马就走，文通就催马赶来。却逢王勇金州取钟回来，看见魏文通追赶秦琼，忙取弓箭，开弓射去，正中魏文通咽喉。魏文通翻身落马，秦琼取了首级。那十万兵见主将被杀，慌忙退去，被齐国远等拦住去路，大叫"若投降，免诛戮"。十万大兵，皆弃刀降顺。众将收兵，齐回瓦岗。秦琼、王勇一齐缴旨，咬金见射死魏文通，又得了十万兵马，十分快活，吩咐大张御宴，饮酒贺功，轰轰烈烈。此时混世魔王可算得极一时之盛也。

飞虎将军

国韵小小说

话说，唐末黄巢造反，引兵杀入长安。唐僖宗与众文武逃避西祁州，命吏部尚书程敬思往直北沙陀，宣召李克用，引兵破巢。克用善骑射，英勇无敌，生得左眼大，右眼小，黄睛碧珠，人称"独眼龙"，自号"碧眼鹕"。在沙陀召集番兵四十余万，帐下有十二太保，皆无敌之士，每出阵有三千三百三十个铁甲兵，皆穿皂衣，号为鸦兵。威名四震，中外皆知。所以唐帝委为破巢兵马大元帅，雁门关都招讨，一面调取二十八镇兵马，至河中府会齐，待克用人马到来，协同破巢。克用奉宣，引兵直向中原进发。至居延川，有一员大将，姓周名德威，字镇远，足智多谋，人称为红袍将，来营投效。是夜，克用梦见一只猛虎，胁生双翅，飞进帐来。克用惊醒，急召周德威问之。德威即袖占一课，贺曰："大吉之兆也，主收得一员大将。"次日，克用上山打围，忽遇一虎，克用慌忙搭箭，望虎便射，正中虎膀。虎负痛，跃过山涧，见有群羊，即咬一只食之。克用追至涧边，望见对岸山石上，一人睡着。克用急令从人，大声呼喊，将此人惊醒。其人跳将起来，见虎正在食羊，遂跳下石头，脱去羊皮袍，伸手舒拳，要来打虎。虎见人来，即弃羊，对面扑来。其人躲过，顺手抓住虎脚，在胁下便打。不消几拳，虎已死于地下。克用见之，大惊曰："此神将也，有此勇力。我若得此人，何愁黄巢不灭哉？昨夜之梦，必应在此人身上。"遂命大太保李嗣源绕过涧去，将其人唤至，询问名姓，其人曰："吾名安景思，父母俱亡，现依岳父邓万户为生，终日为之牧羊。幼年曾遇异人，传授武艺，兵书战策，无所不知，可惜无人用我。"克用曰："吾用汝，汝愿否？"景思拜于地曰："若蒙任用，谨当效犬马之劳。"克用大喜，景思遂归家禀知岳父，然后归营。克用将打死之虎，令良工割头为盔，剥皮为袍，割肘为靴，又令铁匠打造毕掩挞、铠甲、浑铁槊，一齐赐予景思。又命选马，岂知凡马经着景思手按，即倒于地，因此并无一匹选中。周德威曰："勇将若无良马，如何可临阵交锋？"克用曰："西凉州曾送我一匹良马，现在何处？"嗣源曰："在后营，用铁索系在桩上，四蹄俱用铁索绊定，人不敢近。"克用曰："快将铁索解开，命景思自去降伏。"景思欣然，提着毕掩挞来至后营，那马朝景思大吼，扑将过来。景思侧身一躲，左手抓住鬃鬣，飞身上马，跑出营外，来回驰骋。此马竟被景思治伏，不敢倔强。克用即命景思结束披挂，立在帐前，果是英雄。克用十分欢喜，曰："吾有十二太保，皆从我为父。内中有我亲生之子，然我皆一体看待。今着汝为十三太保，改名李存孝，号称'飞虎大将军'。"命薛铁山、贺黑虎二人为汝副将，随带飞虎军三千，为前路先锋，即日起程。存孝拜谢。

次日，到了西谷关，克用传令安营歇息。忽报辕门外有一支人马搦战。李存孝正在饮酒，闻报即将杯酒留下，飞身上马，出营大呼："来将何人？"敌人答曰："吾乃飞虎山大将安休休、薛阿坛是也。"存孝更不答话，拍马上前。二人忙来抵敌，被存孝大喝一声，格开二人兵器，擒过马来。进帐时酒尚未冷，克用大喜，二人亦服存孝之勇，情愿投降。克用即命二人为存孝帐下裨将。一日，存孝攻函谷关，守关将是黄巢手下大将郑存当、郑存惠兄弟二人。闻报克用兵至，引兵出关来敌，皆被薛阿坛所败，于是退入关中，固守不出。被薛阿坛用计，假扮采柴人混入关中，夜半在关内放起火来，内外夹攻，存当被薛阿坛所斩，存惠引败兵从东门逃走，李存孝即得了函谷关。黄巢闻之大怒，急命大将柳彦章、齐克让率一万人马来助郑存惠把守石岭关。李存孝闻知，引兵来攻。彦章大怒，要提兵下关，被克让劝住。存孝见贼兵不出，命军士日日在关前大骂。一日，彦章见直北兵皆在关前下马，卧于草地上，口中仍辱骂不休。彦章忍不住，杀下关来，克让随后接应，直北兵纷纷逃走，彦章得胜，一路赶来，不料正遇着薛阿坛。彦章与克让二人，战他不过，反被薛阿坛兵马，将二人围住。二人拼命杀出重围，想回奔关上。忽听山背后鼓声大震，左是李存孝，右是安休休，一同杀出。二人不敢抵敌，弃城而走。李存孝引兵杀过石岭关，连夜追赶败兵，正撞着贼将孟绝海，将彦章等救去。李存孝方收住兵马，迎接李克用到来，一同直向河中府，与二十八镇人马会合。连日犒赏三军，停兵不进。

　　汴梁节度使朱温，见克用终日饮酒，不思进兵，心中大怒，来见克用，定要即刻进兵。二人言语不合，拔刀而起，幸诸镇节度使劝住。正纷扰间，忽报黄巢驾下大将孟绝海兵到，众皆失色。朱温即曰："可请李克用先当头阵。"克用大怒曰："明日不用诸镇人马，但凭朱温在我十三太保内，选一人去战，必能擒得孟绝海。"朱温曰："孟绝海乃黄巢手下一员大将，自从黄巢起兵以来，连夺东西二京，斩将三百八十余员。我等人马虽多，皆非其敌。"克用愈怒曰："不必多言，只于十三太保中选一人去战，便见分晓。"朱温就走下帐来，只见李嗣源、李嗣招、李存勖、李存直、李存江、李存龙、李存虎、李存豹、李成受、康君利、李存信等，个个身体雄壮，杀气满面，只不见十三太保李存孝。有人指道，在城墙下倚枪杆而睡者，即十三太保飞虎将军李存孝也。朱温向前一看，见存孝身不满七尺，骨瘦如柴，不觉哈哈大笑，来见克用曰："若存孝能擒得孟绝海，吾愿将玉带输与存孝。"克用就说与存孝知道，存孝曰："吾若擒不得孟绝海，愿将首级输与朱温。"二人言定而退。次日存孝披挂上马，来至战场索战。孟绝海手下副将彭白虎，提枪出迎。李存孝曰："来将何名？"彭白虎曰："吾乃大齐王黄巢驾下前部大将军孟……"李存孝听得一个孟字，更不俟说完，撇开枪把彭白虎活捉过来，径回河中府，来见李克用，说是孟绝海已擒到了。诸镇皆大惊，尽来看视。白虎曰："我非孟绝海，乃彭白虎也。"克用大怒，命存孝再去索战。此时正是巳时，限午牌必须拿到，存孝曰："奈我不识孟绝海之面貌，必得识者一人同去。"华州节度使韩鉴，自称认识，遂与存孝同去。孟绝海手下班翻浪出战，韩鉴曰："此非孟绝海。"存孝提起毕掩挝，只一下，已将班翻浪打死。孟绝海大怒，亲自出马。韩鉴曰："那穿大红袍使偃月刀者，即孟绝海也。"存孝喜甚，跃马而前。孟绝海两手抡刀砍来，被存孝举挝一掀，架过刀，展开猿臂，将孟绝海生擒过马。孟绝海部下兵卒，皆逃过黄河，投奔葛从周去了。李存孝回至河中府，尚只午时三刻。视孟绝海七窍流血，已被夹而死。存孝问朱温索带，朱温不肯，被存孝上前一扭，将玉带折为两段。朱温恼羞成怒，即领了本部军马，反出河中府去了。

克用闻之大笑，即日拔队，直渡黄河，李存孝军马在北首安营，李嗣源军马在南首安营。是夜，黄巢手下大将葛从周，命邓天王假扮李存孝，来攻李嗣源营寨，杀得李嗣源大败。回见克用，说存孝变心造反。克用大怒，即命将存孝斩首。周德威曰："此敌人之计也。存孝若反，焉肯束手就缚？"克用乃悟，命李嗣源去探虚实。嗣源来至贼营索战，巢将耿彪出迎，问存孝为何不来。嗣源曰："已杀之矣。"彪大笑曰："中吾计矣，昨夜扮存孝来劫营者，吾家邓天王也。"嗣源大怒，持戟拍马上前。耿彪舞刀就砍，斗上三合，耿彪取鞭在手，逼开画戟，喝声休走。嗣源躲不及，背中一鞭，吐血逃归。将耿彪言语告知克用，克用急命放了存孝。次日，存孝引兵出营，邓天王已知存孝未死，借运粮草为名，遁回华州。耿彪负勇出战，被存孝活擒过马。一手按头，一手执腿，只一扭，已将耿彪扭为两截。葛从周闻之大惊，急命张龙李虎出御，被李存孝右手起毕掩挝，将张龙打为两段。左手起浑铁槊，将李虎刺死。贼营中崔受挺枪而出，来刺存孝，被存孝逼开枪，拿过马来，捽作一块肉泥。吓得葛从周高悬免战牌，不敢出战。至第四日，葛从周从大将张权之计，布了一长蛇阵。又将四百余员战将，四十八万兵马，顺黄河西岸，接连魏南三县，由华州华阴直抵潼关，埋伏下七十二座连珠阵，来索李存孝出战。存孝带领众将出阵前一看曰："此长蛇阵也，攻首则尾应，攻尾则首应，攻腹则首尾应，当分兵三队破之。"遂命薛铁山、贺黑虎领兵一千，攻其腹。薛阿坛、安休休领兵一千，攻其尾。亲自引兵一千，直向蛇首冲去。张权当先迎住，二人通名已毕，张权抡斧砍来，被存孝一槊打得头颅粉碎。阵中四十八员健将，见张权落马，大喊一声，一齐拍马向前，将存孝团团围住。存孝毫不惧怯，左冲右突，一霎时将四十八员健将，俱被打死。于是挥动人马，一齐冲进阵去，贼兵大乱。葛从周慌忙上马，径奔长安。李存孝随后追来，即时取了魏南三县，夺了华州、华阴，径到潼关。贼兵四十余万，尽皆溃散，尸横遍地，血流成河。存孝回顾己军，人马无多，问尚有几骑。四将曰："小卒十三人，合我等共十八人。"存孝曰："既来潼关，且杀过去再说。"于是七日七夜，径到霸陵川。肚中饥饿，就沿途巢营中夺食。葛从周逃进长安，李存孝亦追进长安，就将黄巢屯粮之永丰仓，放火焚烧。黄巢闻知大惊，急命弟黄珪乘坐龙驹浑红马，领御林军三千，来捉李存孝。其时存孝等马匹，皆因力尽而死。存孝见贼至，大呼曰："送马者至矣。"存孝上前，黄珪起叉便刺，被存孝逼开叉，将黄珪提起望火中一掷，随手牵过浑红马，飞身而上。十七人亦乱杀贼兵，各抢坐骑，一同杀至皇城五凤楼前。黄巢登城来看，被存孝一箭，正射中平天冠，向后而倒。存孝以为黄巢已死，反身杀出长安。城门外有二将，一名李罕芝，一名傅存审，来阻存孝，被存孝浑铁槊一击，二人之铁棒，皆脱手飞于地上。二人大惊，急急下马请降。存孝许之，其部下三千军马，亦归存孝带领不提。

此时克用闻知存孝杀上长安，急尽起大军，直抵霸陵川，存孝回见，禀知沿路情形。克用大喜，即令摆宴赏功。正饮间忽见中军帅字大旗，无风自动，周德威袖占一课。叹曰："黄巢合败矣。"占得黄巢今夜将尽起大军来劫我营，我军可四面埋伏以待之。到了夜间，黄巢果亲统十万军马，带领葛从周等数十员大将来劫营，杀进中军，乃是一座空营。黄巢大惊，知是中计。但听得连珠炮响，周德威引军四面杀来，将巢军团团围住，鼓声大震，火把齐明，杀得巢军四处奔逃。葛从周保住黄巢，杀出重围，策马投南而走。不料李克用领兵杀出，黄巢一见李克用，吓得魂不附体。北路李嗣源、李嗣招，东路各镇节度使均领兵杀来。不得已向西逃去，又遇着康君利、李存信拦住去路，从周与黄巢力战得脱，杀出霸陵川，直奔长安大道。路中巢谓众将曰："幸喜得不曾遇着飞虎将军。"诸将皆曰："此乃天佑，若存孝一至，我等性命皆不保矣。"言犹未毕，一声炮响，草坡中闪出一对飞虎旗来。葛从周等十余员大将，一见是李存孝旗号，吓得四散而逃。黄巢逃上太行山，山上大将韩忠来拒存孝，举巨斧直向存孝头上劈来。存孝大怒，挑开巨斧，将韩忠捉住，向山石一摔，成为肉泥。赶到山上，见黄巢已自刎而死，存孝取下巢之首级，回见克用。克用大喜，即命存孝与程敬思迎接唐帝回京。

当下程敬思将存孝功劳奏知。唐帝见存孝瘦小，心中不信。一路行来，忽有黄巢族兄黄豹、黄虎，引兵拦住去路。唐帝大惊。程敬思奏曰："可命存孝剿贼。"唐帝准奏，即命存孝出马。存孝奉旨，拍马向前。黄豹抡刀直取存孝，被存孝一挝，死于马下。黄虎来迎，亦被一槊打死。贼将五十余员，蜂拥而上，存孝舞挝动槊，连死了二十八将。余将见战不过，回马奔逃，军卒亦俱星散。帝在车上，见之大喜，即召存孝至，封为大唐护国勇南公之职，存孝谢恩而退。唐帝回京,封李克用为晋王,命镇太原,其余诸将士皆有封赏。晋王遂与李存孝分兵两路,巡视河南河北。存孝巡视河北,所过秋毫无犯。行至寿章县淤泥河,其地有一人,姓王名彦章,手使一支浑铁枪,号称无敌将,又名王铁枪。闻飞虎将军之名,心中不服,提枪来阻。存孝问曰:"汝枪有多重?"彦章曰:"一百二十斤。"存孝大笑曰:"一百二十斤,安足以当无敌之名?"彦章大怒,一枪刺来,被存孝一把接住。彦章用尽平生之力来夺,好似蜻蜓撼石柱一般,被存孝一拖,将彦章连人带枪,甩于淤泥河中。彦章爬上岸,再提枪来刺。存孝一槊打去,彦章将铁枪来格,格得那铁枪弯曲如弓一样。存孝大笑而去,彦章抱枪痛哭曰:"不料数十年威名,乃丧于孺子之手。我当从此隐居,若存孝一日不死,吾即一日不出。"后至存孝死后,彦章方出,果然无人能敌,方信王无敌名不虚传,胜之者惟李存孝一人而已,此是后话不提。

却说李存孝来至汴梁,正遇晋王大败而逃。原来晋王不听周德威之言,应朱温之请,径至汴梁,遂中朱温之计。幸得程敬思、史敬思力救得脱,逃至上源驿,又被朱温火攻,程敬思死于火中,史敬思力战,枪挑名将一十四员,身受重创,被朱温乱箭射死。晋王匹马逃生,朱温不舍,紧紧追赶,却遇着存孝到来。朱温一见飞虎旗号,吓得忘命逃回,存孝保晋王至太原,休息军马。一日,忽报邠州差将谢豹至,晋王召入问之,乃因朱温围困邠州,同台危在旦夕,故守将柳彦真修书求救。晋王曰："我正欲讨灭，今当先解同台之围。"于是下令命李存孝、薛阿坛，选精兵二万，亲自去救同台。朱温见旗号知是存孝，不敢抵敌，解围退归汴梁。彦真迎接晋王进关，犒赏三军。数日后，忽报河中王重荣、华州韩鉴、曹州曹顺、兖州周顺、鄂州赫连铎，中朱温激反之计，引兵来攻。晋王闻报大惊，李存孝曰："今夜愿以十八骑挫其锋。"晋王曰："五侯兵马利害，不可小觑。"存孝不听。是夜与安休休等十八骑，杀入五侯营中，左冲右突，如入无人之境，杀死敌军无数，方回城来见晋王。点验一十八骑，不少一人。次日五侯引兵来攻，存孝提毕掩挞纵马出阵。见对阵门旗开处二十八员猛将一齐涌出，被存孝舞动毕掩挞，不移时，力诛一十五将，余军惊散。次日邓天王提戟来索存孝出战，存孝拖挞出迎，邓天王奋勇直取，不数合，被存孝活捉过马。晋王见了大喜，就马上赐酒三杯。存孝饮毕下马，将天王放下，晋王即命就阵前斩之。存孝忽然口吐鲜血，倒于地上，不省人事。左右唤醒，抬回营中。原来存孝连日力战乏力，又饮了三杯冷酒，一经卸甲，遂中风疾，所以如此。晋王忙唤医生调治，终不见痊。次日五侯调来大将高思继，引兵直至邠州城下。高思继乃赫连铎部下之将，文武皆能。背插二十四口飞刀，百步杀人，百发百中。使一条浑铁点钢枪，有万夫不当之勇。晋王手下，十二太保与薛阿坛、安休休等，轮流出战，连败七十二阵。存孝病卧帐中，晋王秘不使知。一日存孝闻杀声大震，再三问左右从人，从人不得已告之。存孝大怒，一跃而起，披挂上马，提了毕掩挝，径出城来会高思继。二人大战十合，被存孝逼开浑铁枪，将高思继生擒回城，五侯大惊，急急引兵退回。晋王喜甚，从此厚待存孝，更与他人不同。十二太保中康君利、李存信，素来妒忌存孝，一日乘晋王大醉，来见存孝曰："晋王命汝改悬安景思旗号。"存孝不从，君利曰："晋王有命，不从即杀。"存孝不知是计，即命人除去李存孝旗，改悬安景思旗。大太保李嗣源见之，大惊，来告晋王曰："存孝反矣。"晋王命人往视，回报存孝营中尽换安字旗。晋王大怒，即命杀之。康君利等大喜，立刻传晋王命。将五牛拽杀存孝，存孝用力一扯，五牛反为所拽，存孝大笑曰："欲杀吾，必先断吾腿臂之筋。"存信即命断之，于是一声大叱，五牛用力，将一位飞虎将军拽为五块。迨至晋王酒醒，悔已不及，只得将康君利、李存信斩首以泄恨。后来王彦章杀来，无人抵敌，晋王为之气死，临死时尚呼飞虎将军李存孝不止，惜乎起死无术矣。

五龙阵

国韵小小说

却说五代的时候，干戈扰攘，盗贼蜂起。此时人民东逃西窜，哪里有一处可以安生？真是鬼哭神嚎，天愁地泣。这是天生劫数，应该如此。纵有那几个英雄豪杰，也就随他们这几个贼子叛臣，弄得国亡家破。只可怜那一班士卒，随着那东讨西征，也不知是生是死。为着一个人的荣辱，轻送去百万生灵，你道可惨不可惨呢。

话说当日朱温，自弑了唐昭帝，改号大梁，建都于汴梁。原来这朱温本是唐朝的一个节度使，为人虽有些武艺，却奸诈异常，久存不轨之心。后来又遇着多少谋臣勇士，所以就弑死昭帝，自立为大梁太祖皇帝。当时唐室中尚有多少王子王孙，拥兵关外，见祖上遗传下来二百余年的天下，一旦丧于贼子之手。就有昭宗之叔，晋王李克用，首先倡义，率领百万番兵，一千名将，会合了关外二十七镇诸侯，为昭宗报仇，来讨朱温。

当下朱温闻晋王带兵前来，也就派兵抵敌。两军对垒于鸡宝山下，连败晋王数十仗。不料晋王竟被气死，一时军中无主。于是各诸侯拥潞州王晋王之弟李杰为盟主，权掌帅印，号令三军。但此时晋王所率的一千名将，百万番兵，已被梁兵杀去大半。剩下来的，无非是些残兵败将。潞王虽掌帅印，怎抵敌得住梁兵的骁勇、梁将的英雄，不免日夜忧愁，只得深沟高垒，等他处救兵来到，再行出战。

究竟这梁将何人，有何本领？原来朱温当日，听见晋王攻打鸡宝山时，随即坐朝问有何人前往。当下早有马步禁军都元帅王彦章，应声道："微臣愿往。"梁王大喜，随即加封为天下兵马正征讨，率领马步兵十万，前来御敌。这王彦章乃河南寿章人氏，生得身高一丈，膀阔三倍，勇力过人，英雄无敌，善使一支浑铁枪，上阵交锋，无人是他的敌手，以是人又叫他作铁枪王王彦章。可怜这晋王部下的雄兵猛将，活活的都送在他这支枪上，真是军士有涂炭之苦，百姓有倒悬之忧，惨不忍言的了。

却说，潞王自掌帅印之后，终日忧愁，无计可施。一日正在商议，忽见晋王的世子大太保李嗣源禀道："现在想得一处兵马，可以借来，不知叔父以为何如？"潞王道："有何处兵马可借，可速说来。"嗣源道："直北大潼叔父李友金处，当有精兵良将，可以借得。"潞王道："吾非不知，只愁没有上将，可以敌得住彦章，为之奈何。"嗣源道："吾兵终日困守此处，也非长久之计。与其坐困，不如去走一遭。或有上将，也未可知。"潞王道："汝言甚是，可即从速前去。如果有上将带同兵来，恢复了吾大唐天下，也不枉汝此一番辛苦。"嗣源奉了潞王之命，不敢迟延，便乘了一匹千里马，星夜直奔直北大潼而来。见了叔父李友金，说明来意。友金闻晋王气死，不免大恸，随即集齐诸将，说道："现因唐营被大梁杀败，前来请救，不知哪位将军肯去？"言未毕，早见一小将应声答道："微臣愿往。"友金视之，乃大唐白袍将军史敬思之子史建瑭是也，原是友金帐下一员名将，生得身长不满六尺，面如敷粉，唇若涂朱。此时年方一十四岁，家传兵法，英勇过人，六韬三略，般般皆精，兼通天文，并知算数。强将还生强将子，这句话真是丝毫不错的。

当日李友金见史建瑭肯领兵前去，遂加封建瑭为大潼总戎官之职，命率领八员将官，二万士卒，星夜与嗣源奔赴唐营。是日建瑭到了唐营左近，预先将二万人马，另扎一个小寨。安顿已毕，亲自与李嗣源来见潞王。潞王见是一个童子，不免有些轻视之心。此时正值王彦章叫战，当下潞王道："现在铁枪贼王彦章在外叫战，小将敢出一征么？"建瑭道："大王切勿小觑了我，有何不敢出征！不斩彦章之头，来献麾下，大王也不知道小将的英雄。"随唤同来八将道："尔等可先引兵二千，埋伏两旁。若见梁将败逃，须各奋勇兜捉。有放走者，即以此箭为例。"随即拔箭在手，折为两段。八将领了命令，前去埋伏。却说，王彦章正在叫战，忽见唐营中冲出一员小将，不觉哈哈笑道："你看这唐兵被我杀得一员大将都没有了，此时叫一个童子，也出来接战，真是好笑。"正在得意之时，不想对面小将，早已一马当先，厉声喝道："来将莫非铁枪贼？你死到临头，尚不自知，还笑什么！"

彦章登时大怒，也就拍马出来，两将交锋，更不打话。王彦章先犹轻视这小将，及战到十余合之外，料难取胜，心下大惊道："不想这小将有这等厉害，枪法娴熟，英勇无匹，但不知他姓甚名谁，却是我的敌手，须用回马枪挑他，方能得胜。"便将马一拍，早跳出圈外去了。史建瑭与王彦章战了十余合，忽见彦章拍马逃走，知是有诈，便将马勒住，也不追赶。此时彦章见了便道："你这小童为何不赶？"建瑭道："你这逆贼，还想在我面前用这些诡计么？"

原来彦章因不能胜得建瑭，便想诈逃，待其追来时，乘其不备，掉转马头刺之，百发百中。不想被建瑭识破，心下着惊，想这童子真个厉害。既有如此本领，又有如此见识，必系名将无疑，随即问道："你这小将姓甚名谁？"建瑭答道："铁枪贼听着。我乃大唐白袍将军史敬思之子，直北大潼总戎官史建瑭是也。教你知我姓名，早早下马受死。"彦章闻知，系白袍将军之子，本不敢轻战。却又被建瑭激骂一番，忍不住心头起火，鼻内生烟，拍马挺枪，飞奔而至。建瑭接住交战，直杀得天昏地暗，喊杀连天，金鼓齐鸣，枪刀相架，真是一场好杀。二人战到百余合，建瑭卖了个破绽，彦章以为建瑭枪法已乱，正想一枪刺来，不料建瑭早已闪过，取鞭在手，顺手一鞭正中彦章。只听得彦章"哎哟"一声，拍马落荒而走。建瑭随即挥动军旗，两旁埋伏之兵齐出，彦章见有伏兵，更吓得魂不附体。幸建瑭手下八将中有名张夷者，也有些轻视建瑭之意，便不甚出力，以此被彦章逃得性命，奔回本营。当下史建瑭追来，知彦章业已逃脱，不觉大怒，喝道："这铁枪贼究系何人放走？"诸将皆道："系张夷将军放走。"建瑭便问张夷道："将军何故放这铁枪贼逃生？"张夷道："小将战他不过，被他逃了，哪有什么缘故。"建瑭道："将军知军令么？自古道，军令大如君命。将军哪里是战不过，明明欺我年轻，以此玩法。"遂将脸色沉下，喝道："本总兵言出法随，不道将军竟敢以身尝试，若不将将军处斩，何以警戒其余！"挥令左右，推出斩之。诸将代求，也自枉然，遂斩张夷于阵前。从此各将，无不谨遵军令。潞王见史建瑭鞭中王彦章，被张夷放走，又斩了张夷，知建瑭果系名将之子，军令森严，名不虚传。那一片轻视之心，早已付诸流水。各镇诸侯，亦无不深为敬服。从此大小之军，均悉遵建瑭号令，暂且按下不表。

却说，王彦章被建瑭败了一阵，坐在帐中，想道："不想我这等英雄，今日却败在一个小童手下，怎不气死我也！"随查带来兵马，这一战已死大半。急忙写了表文，差一员大将，姓傅名道招，往汴梁告急。此事又被建瑭探知，预先吩咐了七将，于入大梁要道左右伺候，以此道招又被七将捉住杀死，彦章还自不知，所以后来始终没有救兵，前来相助。当日建瑭既败了彦章一阵，又杀死彦章告急的差官，便逐日出来叫战。只见梁营深沟高垒，紧守鸡宝山关寨，按兵不动，无法可施。遂与潞王商议道："现在彦章紧守关寨，阻住吾兵，不能前进。若不以计擒了此人，如何破得大梁？"潞王道："不知将军有何妙计？"建瑭道："计便有个，却是尚少二人，难以成功。"正在商议之际，忽见探子报道："离此十里外，现有一支兵马，尽打红旗，飞奔而来，乞大王钧旨。"潞王道："待弧王亲自来看，便知底细。"同了建瑭并骑出营，但见尘头起处，早有一支人马，风卷云送地到了面前。为首的恰是二员大将，威风凛凛，气概昂昂。当时到了营前，建瑭便一马当先问道："来将何人，快快通下名来。"一将答道："吾乃同台节度使郭彦威是也，这将便是河西节度使石敬瑭是也。今因梁王弑君犯上，扰乱天下。闻得潞王，统兵在此声讨。某等不才，愿效微劳，不知潞王肯收纳否？烦请将军通报一声。"建瑭道："难得将军忠勇，肯来投效，岂有不收之理。"随即引见了潞王，说知来意。潞王大喜，加封二人为都指挥之职，留在帐前，听候调用。话言未了，又有一支人马报到。这人乃山东郑州人氏，姓高名行周，年方一十三岁，颇习武艺，因王彦章曾杀死他的父亲，故此投来相助，借报私仇。此时建瑭见陡添三人，即于夜半，仰观天象，知已凑足五龙之数，心下自是欢喜。又见西北上有一将星摇摇欲坠，正应在王彦章身上。便乘着月色，步出荒郊。不想走了三十余里，只见四下草木甚深，行人罕至。两旁高山，直接霄汉。山下一谷，奔流瀑布，极其险要。心中想道："吾若于此布成阵势，教人引彦章到此，那时还怕他逃脱了么。"此时天色已明，正待回营，只见一个樵夫荷锄而至。建瑭问了樵夫地名，原来这谷便叫狗家疃人头谷。当时回到营内，便与潞王商议进兵之策，建瑭道："现有一计在此，愿大王采纳。"潞王道："将军神算，有何妙计？"建瑭道："今臣仰观天象，俯察地理，大梁之亡，只在朝暮。但欲灭大梁，必先除了彦章，然后我兵长驱直入，方无障碍。"潞王道："今彦章深沟高垒，如何除得？"建瑭道："大王勿忧，明日我兵可诈退十里，教三军布散谣言，言臣被大王气走。此信如传入梁营，彦章必然出战，然后命人诱之，许败不许胜，诱到三十里外人头谷地方。就于此地预先按五方五色阴阳八卦之数，布成阵势，用那五员大将，轮流挑战，然后臣于中央杀出，则彦章可擒矣。"潞王大喜，一面命建瑭遣兵布将，一面命军士散传谣言，诈退十里。

当日彦章自发了告急文书去后，迄今不见有救兵到来，心下正自疑惑。忽见小校报道："唐兵已退去十里，挑掘沟濠，有似防敌光景，不知何故。"话尚未了，又见一小校报道："现闻唐营中那个小将，与潞王不合，已负气走了。潞王害怕元帅杀入，故此退去十里，挑挖深沟，防元帅出战。"彦章本是有勇无谋之夫，听了大喜，随即亲来营前观看，果然唐兵纷纷退去，不觉勇气大增，又想率兵攻打。到了次日，彦章便率了人马直奔唐营叫战，叫了多时，始见唐营中冲出一员小将，不免吃惊，以为还是建瑭。定睛一看，恰又换了一个。你道这小将是谁？就是先前说的那个高行周，彼时行周出马，也不打话，便举刀直砍彦章。彦章接战，不上数合，行周败下。彦章不舍，随后追赶。行周便一面战一面退，早退到人头谷中。彦章追入人头谷，忽不见了行周，心下大惊，急待拨马逃走。早听一声炮响，四面伏兵齐出，彦章知是中计，即往东方杀出。只见东方阵上，当先一员大将，头戴青盔青甲，身穿青色战袍，面前一面青色大旗，手执三股钢叉，十分勇猛，按着东方甲乙之数，布成青龙阵势。彦章与战，不及数合，知难取胜，便拨马往南方去了。

彦章正往南方逃去，不想南方早已布成赤龙阵势。按着南方丙丁之数，红旗下也有一员大将，威风凛凛，杀气腾腾，头上盔甲鲜红，身上鱼鳞红甲，坐下一匹名马，也全是红的，手执开山大斧，见了彦章，便一马当先，直涌出来。斗了数合，彦章不能取胜，又自逃往西方去了。

彦章逃到西方，便想忘命奔走。尚未跑得多远，又是一将冲出，按着西方庚辛之数，布成玄龙阵势。头戴铁盔铁甲，身穿铁色战袍，手提两支竹节钢鞭，早自黑色旗下冲出，举起钢鞭，直取彦章。那一种威武，真是令人可怕。彦章不敢恋战，又逃向北方去了。

这正北上也是一员大将，按着北方壬癸之数，布成白龙阵势。穿着白盔白甲，手执光灼灼的两柄钢刀，见彦章来到，也直向彦章砍来，彦章急往中央逃走。

那中央阵上，却按着中央戊己之数，布成黄龙阵势。有一员大将，头上戴着黄盔黄甲，身下乘着虬龙宝马，手执一柄金刀，将黄旗飘展，把彦章困在当中。四阵周围接应，彦章看看手下的人马，早已被唐兵杀尽，只剩得单身一骑，力敌五将。又听得一声号炮，如山崩地裂，回头一望，只见先前诱战的那员小将，从山坳中飞奔而至，大喝道："你这铁枪贼还不早早下马受缚。吾家大王与建瑭将军，在山岗看得不耐烦了，命我前来捉你。"说时迟，那时快。随手一鞭，正打中彦章左臂。彦章还自挣扎，怎禁得六员大将齐来，遂被众军砍死。其时史建瑭在岗上看见，遂传令三军乘胜抢入鸡宝山寨。一声号令，三军无不奋力争先，抢入关寨中来。到得关中，已是黄昏时候。这且按下不提。

你道这五方五阵，恰是从何而来？这便不用说，自然是建瑭所调遣的。本来唐营中原有三员大将，后来都有天子之分。一个就是晋王嫡子李存勖，一个也是晋王之子李嗣源，这二人俱是后唐的二帝。一个便是潞王部下一员大将，姓刘名智远，后来就是后汉的皇帝。当日建瑭欲布此阵时，要有五员大将，五个真龙，所以说尚少二人。不想便来了石敬瑭、郭彦威两个节度使，敬瑭后来就做了后晋的高宗皇帝，彦威后来就做了后周的高祖皇帝。当时凑成五龙之数。建瑭遂按了五方五色，将这五个真龙，布成五龙阵。便命高行周诱战，许败不许胜，遂将彦章赚入阵中。当彦章追入阵来之时，何以不见行周，后来又为什么出来？原来行周到得山谷之中，早向草木深处折入山腰，到山岗缴令去了。后来建瑭见五位大将，虽将彦章困在当中，不能胜得彦章。心下又知这五位将官，后来俱有天子之分，万一不慎，自己调兵不当，触犯天怒。故此仍命行周出战，遂将彦章杀死。却说建瑭除了彦章，抢了鸡宝山寨。次日与潞王率了三军，长驱直入大梁，一路上旌旗招展，金鼓喧鸣。远近守将，望风投降者，不计其数，还有何人敢来抗阻呢？大兵到了汴梁地方，守城官慌忙入朝启奏道："今唐兵破了鸡宝山，杀死元帅王彦章。现在大兵已到，将城团团围住，如何是好，乞圣旨定夺。"此时朱温已死，传位于其子友从。闻奏后，吓得魂不附体，忙聚集在朝文武，及宗族长幼，相商抵御之策。只见人人都默默无言，掩面而泣。宰相敬翔哭奏道："臣受先帝厚恩，不忍视社稷灭亡，请先赐一死，以谢先帝。"遂与帝相抱大哭，自缢而死。不数日城池被唐兵攻破，梁帝为唐乱兵所杀。至此大梁遂灭，后唐代兴。当下唐室诸王，以李存勖为晋王嫡子，即共立为帝庙号后唐庄宗，大赦天下，赏赐功臣，从此建瑭遂为上将军。诸君知道这十四岁的一个童子，就有如此本领，真是天生奇才，自是不凡的。但是这一番大乱，天下人民，又不知死去多少。浩劫如此，亦只可归诸天数了。

大破洛阳城
国韵小小说

大破洛阳城

话说后唐废帝即位之后，因宠一美人张氏，封作皇后。昏庸无主，寡断少谋，便弄得边塞不靖，夷狄出没无常。一日设朝，与众臣商议备御之策。当有丞相冯道出班奏道："自古以三关为边疆要镇，陛下如欲备御，须择一员上将，领兵镇守此处，方可抵御胡虏，边塞安宁。"废帝道："卿言甚是，不知何人可以去得？"冯道道："臣看驸马石敬瑭，智勇兼全，可当此任。"废帝准奏，随封敬瑭为大军都卫副使，领五万人马前去镇守。这敬瑭本是后唐明宗之婿，明宗女永宁公主之夫，与废帝系属郎舅。当日奉了废帝旨意，遂于教场点齐五万人马，飞奔三关而来。自此敬瑭镇守三关，威震夷狄，边塞安宁无事。

却说永宁公主自夫别去之后，光阴如箭，早已三年，意欲与夫一面，因即启奏废帝。不想正值废帝酒后，偏听了皇后张氏之言，皂白未分，即将公主贬入冷宫监禁。可怜一个金枝玉叶，无辜受这般诬害，凄凉苦楚，真是惨不忍言。后经宰相冯道闻知，遂在帝前，竭力保释，以此公主方得还归故宫。终不得与夫一面，只在宫中自嗟自叹："欲想亲到三关，怎奈废帝不准。若即久居在此，又是虎口余生，难以保全性命。一朝再被奸后中伤，又无人保得安全。石郎远在边关，连一个信息也不得知。哪里还能救我，我岂不枉送性命么。"思想至此，不禁大哭。当日公主左思右想，无计可施。除非逃向三关，断不得脱这牢笼。又念自己系一女流，怎能行得千里长途，转一念道："吾既欲保全性命，也是顾不得的了。"主意已定，忙修书一封，差一心腹之人，星夜奔向三关，报知石郎，使石郎半路来接。随后自己与一心腹宫女名叫翠娥，商议逃走之策。翠娥道："公主金枝玉叶之人，如何吃得风尘之苦。依婢愚见，莫如先设一计，奏明昏君，方为万全。"公主亦以为然。

却说石敬瑭正在操练兵卒之时，忽见左右报道，现有公主差官，言为公主下书前来，在营外伺候。敬瑭传命进见，差官入见毕，将公主之书呈上。敬瑭不看犹可，这一看，气得怒发冲冠，恨恨不已，大声喝道："我不斩这昏君贱妇，誓不为人。"便欲起兵，反入长安。有手下将官刘知远、桑维翰、赵莹等谏道："不可，今公主尚未到此。不知公主已否逃出，倘然仍在京城。皇帝知将军已反，害死公主，如之奈何？即使公主业已逃出，宫中未有不知，宫中知道公主逃走，必然起兵追赶。在末将等看来，莫若先派一员大将，赶速迎接公主为是。"石敬瑭道："将军之言有理。"随即传问两旁众将，何人敢领兵前去？话言未了，赵莹早已答道："末将愿往。"敬瑭大喜，遂拨了一千人马，命赵莹前往，迎接公主去了。

却说公主自打发差官去后，一日思得一计，假称往城外观音庵了愿，诳奏废帝。废帝本来昏愚，如何知道是计，此时又是中国佛教极盛之期，无论王公卿相，也是不敢轻犯的。以此废帝准奏，公主得逃出京城，只带了宫女翠娥一人，恰乘一翠辇，出得城来，星夜趱行，直奔三关。一日正走之间，不想后面来了一支兵马。当先两员大将，不是别人，乃是废帝手下的两员将官，一名梁刚，一名伍亮。公主知道事败，忙即下辇，命从人先行，自己就预备抵敌。原来公主自幼学得一身武艺，虽不能算得盖世英雄，却也是个女中豪杰。此时见二将追来，便拔出随身宝剑，厉声喝道："将军等不在朝廷供职，来此何为，莫非反耶？"二将素知公主厉害，慌忙滚下马来，俯伏在地，禀道："末将等焉敢造反，只因皇上见公主两日不归，恐公主于路有失，特遣末将等前来迎接公主返宫。"公主道："我若不返宫，将军又待如何？"二将道："这听公主自便。"公主道："既听我便，我便去了。"公主吩咐了二将，仍旧乘辇趱行。尚未行得多远，又见后面有兵追来，为首又添了二员大将。这二将一名慕容迁，一名朱宏晦，也是废帝手下的人。原来废帝见公主去了两日，不见回来，心下颇为惊疑，深恐逃向三关。故此敕命梁刚、伍亮二将追赶，又恐二将不是公主敌手，随后又差了慕容迁、朱宏晦二将，敕赐尚方宝剑。领兵追来，只要取公主首级。此时四将会合，不敢怠慢，急忙赶来。公主见追兵又到，料难脱身，必须杀退追兵，方能得脱。仍旧拔剑下辇，预备厮杀。四将追到公主面前，公主道："将军等何以又来？"四将答道：

"务请公主返宫。"公主道："要我返宫,万万不能。"四将道:
"公主一定不返宫,莫怪末将等无礼。末将等奉陛下特旨,
钦赐尚方宝剑,命取公主首级。"公主大怒,喝道:"逆贼不得
无礼。"忙即挥动宝剑,力敌四将。公主虽然英勇,恰只能杀
个对手。四面唐兵,层层围住。此时公主困在垓心,正在危
急之际,只见东南角上早有一支生力军杀入,为首一员大
将,手执开山大斧,飞马而至,杀败四将,救出公主。你道这
支兵从何处而来? 就是石敬瑭派来迎接公主的大将赵莹
是也。

当下赵莹救了公主,公主问明来历,知是石郎派来救
兵,心中大喜,随即上了宝辇,依旧向三关进发,一日到了三
关,敬瑭就派人接进,当下夫妇相见,不免悲喜交加。公主
哭诉了冷宫之事,敬瑭安慰了一番,决意反入京师,杀那昏
君贼妇,替公主雪恨。次日天明,便点齐十万人马,以赵莹
为先锋,刘知远为副将,水陆并进,声势浩大,直杀奔洛阳而
来。一日兵到潼关,关将张雄、韩虎,闻得此信,知敬瑭大兵
已到。韩虎便即披挂上马,来与敬瑭交战,未及三合,被敬
瑭一枪刺死马下。张雄见势不敌,忙即退入关中紧守。一
面差人星夜前往洛阳告急去了。

却说废帝自遣了四将往追公主不得,正在忧愁无法之
时,忽有黄门官入奏道:"现在驸马已反,大兵已到潼关。关
将韩虎战死,潼关危在旦夕。有张雄告急文书,请旨定断。"

废帝闻奏，这一惊非同小可，急问左右大臣道："敬瑭反入洛阳，何以退之？"众将默然，忽一少年将军突然而出道："微臣愿领兵前去，活擒敬瑭，来献陛下。"废帝视之，乃上将高思继之子高行周是也。废帝道："奈尔年幼，必得一人副之，方可前往。"言未毕，又有一将应道："臣愿同往。"视之乃绍陵人，姓郝名守敬，也是一个名将。废帝大喜，即封高行周为行兵总管，郝守敬为副总管，领兵五万，前往潼关接应。当日敬瑭自刺死韩虎，便乘胜攻关，张雄支持不住，乃弃关而逃。敬瑭得了潼关，随挥大军直向长安进发。一日刚到武陵界口，正值高行周等人马已到，两军相遇，排开阵势。只见高行周头戴银盔，身穿铁甲，使一柄飞叉。英雄盖世，勇冠三军，此时年才一十六岁，早已一马当先，厉声骂道："你这逆贼，朝廷何负于汝，竟敢叛反？"敬瑭道："今因昏君听信谗言，残害骨肉，吾今与仁义之师，为民除害。你这黄口乳童，也敢阻我大兵？"行周道："你这逆贼，不要在我面前花言巧语，敢放过马来与我战个三合吗？"敬塘大怒，正要拍马来战，早有一员大将冲出阵来，大呼道："将军不要出马，待末将擒此贼来。"你道这人是谁，如何打扮？乃先锋赵莹是也，手执开山大斧，盔甲鲜明，英勇无比，飞马奔来，直取行周。两马相交，直杀到黄昏时候，足足战了二三百合。只因天色已晚，遂各鸣金收军。

次日高行周又引兵来搦战。这边刘知远出马接战，二人战了五十余合，胜负不分。赵莹见知远不能取胜，急举动兵器，前来助战。唐将郝守敬看见，也便拍马挥刀来迎，未及数合，被赵莹砍于马下。唐将李超见砍死守敬，愈加愤怒，踏马奔来，直取赵莹，又被赵莹斧砍落马。行周见连折二将，大吃一惊，枪法已乱，遂不敢恋战，虚闪一枪，拨转马头，落荒而逃，这边敬瑭也就鸣金收军。行周逃回营中，因连损二将，心中闷闷不乐。忽见小校进帐报道，刘知远又在营前骂战。行周听了大怒："吾今不斩此贼，誓不回营。"随即披挂上马，挺枪而出。两马相交，也不答话，两下双战起来了。只见那二员上将，一对英雄，各拿出全身武艺，枪来刀架，刀去枪迎。起先犹看见两人两马，到得后来，连人马都看不清了。但见一枪一刀，在那战场中左旋右转，这一场大杀，直杀得天昏地暗，日月无光，两边将士也都看得呆了。知远见不能取胜，心生一计，便虚晃一刀，诈败下来。行周到底年轻，不知是计，急忙追下。知远看看将近，掉马回头，用力一刀，将行周砍为两段。石敬瑭鞭梢一指，大队人马，一齐掩杀过去，直杀得尸横遍野，血流成河。敬瑭之兵，大获全胜。唐兵溃乱，各自逃生。次日传令催军前进，直抵洛阳城下，将城围得水泄不通。满城军民，心寒胆裂，并无一将出战，日夜惊惶，号哭之声，震天动地。废帝急聚文武诸臣商议道："如今石敬瑭之兵，已抵城下。不知诸文武中，有何妙计，可以退得，以分朕之忧也？"承相冯道奏道："陛下当初听信张娘娘之言，致生此祸，今朝中哪个是敬瑭敌手？为今之计，莫如遣人求和，重赐金帛，縻以厚爵，或可解得今日之围。"帝一时无计可施，只得依冯道之言办去。

当下废帝听了冯道之言，随差吏部尚书李安祥，奉敕旨一道，金银丝帛各十车，出城来到敬瑭营外伺候。小校报入帐中道："现有朝廷差官，来在营外，说有话面禀将军，请将军命令。"石敬瑭道："令他进见。"小校传出，安祥遵命入帐，与敬瑭见礼毕，徐徐对敬瑭道："主公闻驸马兵到，差下官赍敕旨一道，愿与驸马讲和。将河东一带地方，封与驸马。外有金银丝帛各十车，留为劳军之用。望驸马念先君之情，罢息干戈，以免生灵涂炭，不知驸马肯容纳否。"敬瑭道："主上不念骨肉之情，听信张后之言，囚禁公主，昏暴已极。今却教本爵念先君之情，休兵息马。也罢，只须将张后献出，明正其罪，万事全休。如若不然，那时杀进城中，寸草也不留一点。看他昏君贱妇，还可逃得生？"安祥听罢，不敢再言，勉强答道："容某入城商议。"遂辞别敬瑭，回城复命去了。安祥进了皇城，来见废帝，将敬瑭之言，一一奏知。废帝大惊失色，乃道："敬瑭如此强硬，不肯退兵，如之奈何？"忽阶前闪出一人奏道："主公勿忧，臣愿领兵出马，生擒敬瑭，来献陛下。"废帝视之，乃国舅张龙是也。废帝道："卿若擒得石敬瑭，朕即以卿袭其职。"随赐张龙御林军十万，名将二员。这二员名将，都有万夫不当之勇，韬略精通，武艺娴熟，一名李俊，一名常继忠。三人领了废帝旨意，忙即披挂上马，在教场点齐十万雄兵，奔出皇城而去。此时石敬瑭见城中冲出一支兵来，为首三员大将，知道不妙，便匹马当先，大声喝道："来将莫非送张娘娘来么？"张龙怒道："吾乃国舅张龙是也，你这匹夫，不得无礼。"便举大刀直砍敬瑭，敬瑭就举枪相架，战了十余合，李俊、常继忠见张龙枪法已乱，二人便拍马齐出相助，这边刘知远、赵莹也就出马接战。三对英雄，杀在一团。二十四个马蹄，左旋右转。真个是英雄名将，好看煞人。各战到五十余合，张龙渐渐不能抵敌，被敬瑭一枪刺于马下，李俊、常继忠二人也俱被杀死。唐兵见主将俱亡，各逃性命，奔入城中紧守。

当下废帝得信，吓得魂不附体。诸大臣也只默默相视，无可如何。忽又见守城军士来报道："敬瑭人马攻城甚急，声声只要张娘娘出来，万事都休。如若不然，城破之日，玉石俱焚，乞陛下御旨。"废帝惊得目瞪口呆，哭回后宫去了。张后见废帝哭入宫中，忙跪下哭泣奏道："陛下为何如此？妾闻驸马声声只要妾出去，万事全休，陛下何不将妾送出，以保社稷。"废帝道："御妻何出此言？朕与御妻宁可同死一处，怎忍将御妻送出。"张后大哭道："陛下不肯将妾送出，妾今思得一计，可保万全，不知陛下肯采纳否？"废帝道："卿如有计，可速奏来。"张后遂如此如此、这般这般地说了一遍。帝大喜，随即设朝与众臣商议，差人赍旨前往。

　　却说敬瑭日夜率兵攻城不下。正在忧虑之时，忽见一小校入帐道："今又有朝廷差官，赍旨前来，乞将军钧旨。"敬瑭道："可即传入。"差官入见，礼毕，差官道："陛下知将军领兵到此，只要张后，现在已允照办。只因昨夜张后忽生太子，若使即时送出，恐有污将军。特遣小臣前来，求将军宽限七日。如蒙允诺，乞暂退兵五里，不知将军肯否？"当下敬瑭听了差官之言，信以为真，遂传令退兵五里，安下营寨。差官见敬瑭已准，即忙辞别入朝复旨。原来这就是张后所设之计，一面赚敬瑭暂退，一面差人出去，调集勤王之师，然后里应外合杀他，不想早已被人识破了。

　　你道这计被何人所识破？乃永宁公主是也。公主本在军中，见今日敬瑭忽命退军，心中颇疑，遂问敬瑭道："驸马何故退兵？"敬瑭就将差官之言告知，公主道："驸马中计了。当日妾在宫时，张后并未有孕，今如何会生太子？恐赚驸马撤去重围，然后暗暗差人调取勤王之师，来攻驸马耳。"敬瑭听了公主之言，便欲命三军围城。公主道："何不将计就计，则破城必矣，只恨少一人为内应耳。"军师桑维翰应道："将军与公主勿忧，末将倒有一人可做内应。"敬瑭忙问道："将军有何人可做内应？"维翰道："末将有一故人，现居排阵使之职，姓舒名必达。待末将修书一封，将军可密令人送去，其事必成。"敬瑭大喜，忙叫维翰写好了书信，差人前去递送。不一时差官回报，舒必达已允，约今夜三更，以城中火起为号，里应外合，杀入城中。敬瑭得信，忙即遣兵拨将，预备劫城。原来公主识破了张后之计，以为此时城中必须无备，只要有人接应，乘此杀入，便甚容易。所谓将计就计，不想果被公主算着。是夜到了一更之时，敬瑭便催动兵卒，暗暗前进。及到城下，已是二更。城中却毫无动静，诸军个个都仰头观望，直等城中火起，好预备厮杀。看看到了三更，忽见东南上烈焰冲天，东门早已大开。敬瑭便挥兵直入，唐朝文武百官，个个都从睡梦中惊醒，吓得魂不附体。那一班武官，不是这个拿了一把刀，想来杀敌；就是那个骑着一匹马，思去逃生。恰都撞在这一班乱军之中，如何可以杀得敌，逃得生？枉自来送了性命罢了。

当日敬瑭直杀到五凤楼前，帝与张后从睡梦中惊醒，知城已破。废帝随即起身，直奔玄武楼来，便命太监放火自烧而死。此时张后已被宫人捉住，只待敬瑭发落。敬瑭见兵已入城，四处烈焰冲天，随命众人救熄了火。已是天明时候，便入长朝殿坐下，问废帝与张后何在。刘知远道："废帝已在玄武楼烧死，有传国玉玺在此。"命宫人就将张后送上，敬瑭见之，果然美丽非常，大有怜惜之意。桑维翰见之，也不待敬瑭之命，就令推出去斩了。敬瑭又将旧时诸臣召至，欲立唐后，手下诸将不从，便奉敬瑭为帝。是为后晋高祖，国号大晋，改元天福。大赏功臣，后唐遂灭。

活捉孙飞虎
国韵小小说

话说山西并州城南有一座大山，山上有四个高峰，直达霄汉，东有旷地一片，约六七百亩，山下周围，奔流瀑布，不通行人，巉岩峭壁，极其狰狞，只有东路可通镇州，北路可通并州，连这山三处地方，互为掎角之势，这山就叫作铁龙山。此时正值后晋高祖初立之时，天下纷纷，干戈未息。这山中就被一江洋大盗盘踞住了，积草屯粮，招兵买马，蹂躏得并州居民十室九空。这大盗是并州人氏，姓孙名叫飞虎，生得浓眉阔额，身长一丈，臂力千钧。自幼学得一十八般武艺，善使一把飞叉，所以浑名又叫作飞夜叉孙飞虎，倒是一位英雄。只可惜生性不正，不务正业，从小就喜偷鸡摸狗，到得后来为乡里不容，就将他赶逐出境，便占了此山，落草为寇的。

当日孙飞虎因被乡里逐去并州，只带得随身兵器，心下便想到镇州去，再作计较。这日刚走到山谷之中，只听得一声锣响，见半山中跑出数十喽啰，拥着为首的一个草寇，姓王名仁，手提一把大刀，大声喝道："你是何人？敢从我这山中经过？"飞虎便挺身答道："你不要问俺何人，俺且问你，这山本是通行要道，又不是你的，何以俺不能走呢？"那草寇也不答话，举起大刀，便来砍飞虎。飞虎也就轮动飞叉相迎，二人打了五十余合，不分胜负。只见那王仁跳出圈外说道："你莫是飞夜叉孙飞虎？果然是一个英雄，我今情愿与你共掌此山，不知你肯相从吗？"飞虎心下想道："俺今正要去处，却又杀他不过。今他既允俺共掌此山，俺不如暂且依他。如果后来有隙可乘，再设法除了他，这山岂不是俺一人独掌？"主意已定，便答道："难得大王收留，怎敢不依。"当下王仁便偕同孙飞虎上山，将山上四个峰头，筑成四个小寨，每人各管二寨。东西二寨归飞虎掌管，南北二寨归王仁掌管。当中造成一殿，名曰英雄会议殿，上设两把虎皮交椅，恰是二人的座位。专劫往来客商。这日王仁正值酒后，在英雄殿上，乘着酒兴，拿了一柄大刀，挥舞起来，不想失手将飞虎的一把交椅，砍去一角。有飞虎心腹喽啰报知，孙飞虎忍不住心头火起，拿了一柄飞叉，直奔英雄殿来。王仁见是飞虎，便将刀放在一边，下殿相迎。正待说话，不想飞虎手起叉落，一叉将王仁刺死殿下。自此孙飞虎便独占铁龙山。

却说，晋高祖大福三年镇州节度使安重荣，心怀不轨，原想叛反朝廷，只因手下兵士无多，生怕不能济事。有牙将张孟孙察知其意，这日正值安重荣在内厅之中，张孟孙见左右无人，便小语道："末将看主公近来非常忧愁，不知何故？"安重荣道："将军怎得知吾心事？"孟孙道："现在皇上荒淫无道，怎及得主公贤明。"重荣道："将军何出此言？"孟孙跪下泣道："主公不要欺我，我窥透主公之意久矣。"重荣叹道：

"现在天下盗贼纷纷，生灵涂炭。吾意要安民耳，只恨兵将不多，如之奈何。"孟孙道："吾闻并州铁龙山，兵精粮足，山主孙飞虎，本领亦甚高强。主公何不暗暗结合，以备他日之用？"安重荣听了张孟孙之言，便差了两个心腹将官，一名曾杰，一名刘真，皆郓州人氏，俱有万夫不当之勇，稍有些智谋，向在安重荣手下为两个押衙将官，颇得重荣信用。今重荣想联结孙飞虎，故备了些金银布帛，命二人前往，说通孙飞虎，就着他二人同守此山。二人奉了主公命令，便装束妥当，带了兵器，领了安重荣的书信，直奔铁龙山而来。这日到了山谷中，有喽啰看见，慌忙通报。飞虎闻知，便率了数十喽啰下山，问了二人来历。二人直言告知，将重荣书信递上。飞虎看了来书，便邀二人至英雄殿上。只见当中一把交椅，左右两旁，陈设着十八般武器。阶下排列着大小头目二三十人，连鼻息也无一点。屋梁当中写着四个金字"英雄宝殿"，果然森严威武。飞虎到了殿上，大踏步坐上交椅。二将不敢怠慢，也就站立一旁，听飞虎吩咐。飞虎坐下后，便命一位殿头目，取了两把一字交椅。放在下手，命二将坐了，乃道："今蒙你家节度使送俺这些金宝，不知有何事用得着俺？二位可告俺知道。"二将欠身答道："主公素仰大王威名，无缘结识，故特差小将等前来晋谒，愿结大王为心腹，共图大事。"飞虎大笑道："莫非你家节度使欲夺取天下么？不是俺大王夸口，我只动一动，不要说他这皇帝是石的，就是铁的金的，也要杀得他如肉浆一般。教你家节度使不要怕，总有俺大王便了。"

曾杰、刘真听了心中好笑，却不敢笑出来，只得说道："全赖大王神威，若能把他杀死，夺了天下，那时我家节度使，情愿与大王平分。"飞虎听了，喜不自持，随命喽啰摆酒肴来。只见山禽野兽，摆满一桌。飞虎自己上座了，乃命曾、刘二将对面坐下，直吃得杯盘狼藉、酩酊大醉而散。这夜曾、刘二人，遂在山上歇下。次日天明，孙飞虎便竖起旗号，招兵买马。又经曾、刘二将同心协力地指点，先将四个山寨，周围筑成一座城池似的，四寨相连，中有大道可通；又在山下东北两条甬路上，两头用石砌成两个栅栏，如铁桶一般；又将英雄宝殿改造大了数倍，将这山上布置得非常坚固。莫说你十万八万的人马，也是杀不进去的。这日三人正在山上操练，忽见一小喽啰前来报道："东关下来了二个英雄，率领二三百人，说是前来相投。"飞虎道："待俺去看来。"曾、刘二人在旁说道："某等也愿同往。"当下三人到了东关，只见那来的二人，也是绿林打扮，身穿一字排襟，十分威风。曾、刘二人开口问道："你二人是何处人氏，一向作何事业？"二人答道："俺们乃泽州人氏，兄弟二人，名叫萧龙、萧鲸，一生只会杀人放火打劫。离此不过三五百里，已有一座小山，就被我兄弟占了。只因其地荒僻，没甚滋味。近闻此处招兵买马，就把那山烧了，来此相投，望你家大王收纳。"当下飞虎也就收了下来，将山上的四个山寨，就分给四人把守。曾杰把守东山，刘真就把守西山，南北二山，便是萧龙、萧鲸，二人把守，飞虎就居在英雄殿上。曾、刘二人，本来有些智谋，飞虎倒也相信他们，遂又以二人为军师。一年之中，已招足人马二十余万，抢了金井关，以为屏蔽。又收得二员大将，一名戴礼，是幽州人；一名黄文宝，是直北人。各使把大刀，舞起来时，真个无人敢敌。当日飞虎收下，就命他二人把守金井关。此时因粮草尚未足数，只等粮草一足，便兴兵杀上长安不提。

却说，此时正值闽王王延政作乱。晋帝便派了洛阳总兵刘智远带兵前去征剿，足足战了一年，才将闽王捉住，解到京师，来见晋帝。晋帝犹未发落，只见两班文武齐奏道："今有四方告急文书，俱言镇州节度使安重荣，结连并州铁龙山草寇孙飞虎，聚兵二十余万，意要杀到京师，请主上早拨大兵，前往剿灭。"晋太史汪必达奏道："臣昨夜仰观天象，有毛头星横于紫薇垣，正应草寇造反。乞主上早遣上将，以除此患。若是迟缓，必有叛兵犯阙之祸。"晋帝听了众文武之言，忙问谁人可以领兵前去征讨。刘智远应声答道："微臣愿往。"晋帝准奏。遂加封刘智远为镇南节度使，总理天下兵马大元帅之职，拨兵二十万前往。智远领了旨意，便来到教场点齐人马，带了手下二员大将，一叫史弘肇，郑州荣泽人氏；一叫郭威，荆州羡山人氏，俱有万夫不当之勇，离了京师，飞奔并州而来。这日到了金井关，智远遂传令安营。那边戴礼、黄文宝二人，闻得此信，随即商议如何抵御。戴礼道："吾闻刘智远手下有两员大将，十分勇猛。我们此时，不如紧守关寨，多备擂木炮石。这关险固，晋兵一时必难攻破。一面差人往山上请发救兵，俟大兵到后，再与厮杀如何？"黄文宝道："晋兵此时远来，兵士必然疲困，若不乘此除之，还待何时？"便不问长短，拿了一把大刀，飞马跑到关前，排开阵势。只见晋营中史弘肇提刀出马，生得浓眉大眼，声如洪钟，大喝道："来者何人，莫非来送死么？"文宝大怒，也不答话，举起大刀便劈过来。弘肇闪过，也就举刀迎战。两人左旋右舞，各逞英雄，战到五十余合，文宝刀法已乱，抵敌不住，拨马便走。弘肇追上逼开刀，轻舒猿臂，将文宝活擒过马来，捉回本营，来见智远，禀道："末将已捉得一员贼将在此，请元帅发落。"智远见了这将，心下想道："不如命他归降，自有用他之处。"因问了姓名，乃道："你肯降么？"文宝道："元帅留我残生，情愿投降，愿听效用。"智远遂命松了绑缚，收为裨将。这边文宝的败兵逃回关中，报知戴礼。戴礼道："他不听我言，自取其祸，教我如何救得？"遂传命将士，将关上多备炮石弩箭，严防紧守，一面差人往山上告急。

　　智远收了文宝，仍命弘肇率兵前往攻关。关上炮石弩箭，如雨一般地打将下来，人不敢近。回报智远，智远遂与文宝商议道："现在攻关不下，欲借将军一用，将军肯相从否？"文宝道："元帅如有命令，小将敢不遵从。"智远道："吾看这关势甚险，一时不能攻破，想用诈降之计，里应外合，以破此关，请将军一行。"遂附耳低言说道："将军此去，只须如此如此，便可成功。"文宝依了智远言语，即于当夜二更过后，一人一骑，到了关下，大叫开关。关上军人认得是文宝，忙报知戴礼。戴礼随即亲到敌楼上来看，关下果是文宝，便令开关，将文宝放入。文宝入帐说道："吾悔不听公言，致被拿去，只得权且顺降。今日吾闻说是长安有旨来，命智远回军，所以我乘其人马纷纷之时，即逃回来。我想我们何不就此机会，劫他营寨？"戴礼道："此恐有诈。"文宝道："此系吾亲自听得，何得有诈？我愿领兵先行，公可随后杀来。我劫左营，公去劫右营，杀到中营取齐。"戴礼被文宝一阵花言巧语，遂也信以为真。时已三更将近，二人就带兵马前去劫营。刘智远授计黄文宝之后，便传令史弘肇领五千人马，往关下埋伏。等他兵一出，即可乘势取关。又令郭威将左右二营人马，率往四下埋伏，但见中军火起，一齐杀出。二将遵令各去行事。然后智远亲自将中军兵领出埋伏，专等戴礼前来，预备厮杀。当下戴礼与黄文宝到了晋营，只见黄文宝早已冲入左营去。戴礼信以为真，便也一马冲入右营，恰是一个空营。戴礼知道不妙，忙杀向中营，来会文宝。比到中营，不见文宝，只见火光烛天，四面喊声震地。戴礼大惊道："吾中奸人之计了！"急令回关，不想晋兵蜂拥而至，戴礼不敢恋战，杀开一条血路。走到关下，只见关上火把齐燃，已被晋兵占了。戴礼见了，拨转马头，从西杀去，迎面适遇着郭威。此时戴礼已惊得心慌胆怯，不提防被郭威一刀，斩于马下。

当日智远见戴礼已死，遂传令鸣金收军。诸将领兵集入关中，次日又传令进兵，兵到铁龙山，仍安下三个营寨。左是史弘肇，右是郭威，黄文宝留在中军。安营已毕，早有喽啰报入山中，飞虎遂传集曾、刘、龙、鲸等人，商议御敌之策。曾、刘二人道："吾看此山甚险，依小将等意见，只守不战。我们现在尚有十年粮草，彼军远来，至多不过数月之粮。到了粮尽之时，必然退兵，然后袭击之，中原可得也。"飞虎不听，便欲自出马，萧龙、萧鲸道："不须大王烦神，待某等去擒来便了。"萧龙、萧鲸到了关下，萧龙就遇着郭威，萧鲸却遇着史弘肇，便各自大战起来。战到四十余合，郭威把铁矛用力一拖，萧龙早已连人带马跌下来了，郭威随后又是一矛，将萧龙刺死。萧鲸见萧龙已死，心上吓一大惊，又被史弘肇刺死。败残喽啰逃上山去，报知飞虎。飞虎遂有些害怕，只得吩咐紧守，不许出战。

却说，刘智远日日在山下叫战，却不见有人来杀。看看相持有一月之久，军中粮草渐空，正在纳闷。忽见郭威入帐禀道："末将今日在东关捉住两个喽啰，留在营中。末将今日愿打扮着喽啰模样，到他山上，探个实在，特来禀知元帅。"智远道："此计甚妙，可急行之。"当下郭威将好言安慰喽啰，命一人将腰牌、衣服脱下，自己穿戴起来，就同了一个喽啰，混入关去。只见山谷中峭壁巍峨，难以破得。正走之间，忽然不见同来喽啰，心下惊疑。只见那喽啰已站在一个高冈上，向他招手。郭威四面一看，见山旁有一洞，洞中黑暗。郭威便大着胆跑进洞中，行了几步，忽然开朗。遂随喽啰走到冈上，周围一看，幸无一人识破。远远望见关上，尚有三五十人守着。郭威便拿了一把大刀，奔上关去，把那把守的三五十人都砍死了，并未逃脱一个，以此孙飞虎无由得知。郭威杀了守关的三五十人，便大开关门，来报智远。智远遂率史弘肇同郭威带了一千人马，暗暗奔入关中，依旧从洞中上去。到了山上，智远便令一千人分散四处埋伏，齐声喊捉孙飞虎。飞虎从梦中惊醒，不知晋兵怎样杀上来的，忙拿了一把刀出来厮杀，却被郭威接住。东山曾杰听得也从梦中惊醒，连忙杀来，被刘智远接住。西山刘真奔来时，又被史弘肇接住。这三个草寇，如何敌得住只三员大将。战到二十余合，郭威大喝一声："逆贼往哪里逃！"将刀一格，轻舒猿臂，把飞虎生擒过来，教军士绑起。曾、刘二人，见飞虎被捉，正欲逃去，被史弘肇一切一个杀了。刘智远破了铁龙山，捉住孙飞虎，就将山上粮草点齐，运下山来。一面传令将孙飞虎碟死示众，放火烧山，搜尽巢窟。镇州节度使安重荣闻知，早已吓得心惊胆战，便自缢死。手下的人，遂将安重荣尸首送到智远营中，请免兵临境，智远准了，遂班师而还。看官你道，这安重荣放着堂堂一个节度使不做，却要勾结草寇，造起反来，以致家亡身死，岂不是活得不耐烦？真真何苦来。